Es war einmal

ein großer Zauberer mit Namen Alcazar. Sein Reich ist das Reich des Ewigen Frühlings, und du bist Omina, das Stiefkind des Magiers. Eine schwere Aufgabe steht vor dir: Du mußt den eisigen Bann des Winterzauberers Werzen brechen und den todkranken Alcazar aus der Eishöhle befreien. Dein Auftrag hat dich in höchste Gefahr gebracht.

Was wirst du tun?

Verfolgt von blutrünstigen Sumpfbestien, flüchtest du dich auf die Höhe einer Eisdüne am Rand eines klaren Sees. Eine der grauenhaften Bestien ist bereits so nah an dich herangekommen, daß du ihren fauligen Atem heiß auf deiner Haut spürst. Du mußt sofort handeln!

1) Du kannst kopfüber in den Teich springen und um dein Leben schwimmen. Lies weiter auf S. 111
2) Du kannst in deine goldene Zauberpfeife blasen. Du weißt, sie wird dir helfen, aber du weißt nicht wie. Lies weiter auf S. 18
3) Oder du kannst versuchen, gegen die Sumpfbestien zu kämpfen. Lies weiter auf S. 147

Wie auch immer du dich entscheidest, dein Weg führt dich durch viele Abenteuer und Gefahren, ehe es dir gelingt, den Bann zu brechen, in

Der Fluch des Winterzauberers

D&D
Abenteuer ohne Ende
Der Fluch des Winterzauberers

Linda Lowery

C. Bertelsmann

Originaltitel: An Endless Quest Book
Spell of the Winter Wizard
Verleger der amerikanischen Ausgabe: Random House, Inc., New York
Aus dem Amerikanischen von Tony Westermayr
Einbandillustration von Larry Elmore
Innenillustration: Jeffrey R. Busch

Für Christopher Bean und
seine unvergleichlichen Einfälle

Deutsche Fassung: C. Bertelsmann Verlag GmbH,
München 1984 / 5 4 3 2 1
Satz: Filmsatz Schröter GmbH, München
Druck und Bindearbeiten: Elsner Druck GmbH, Berlin
ISBN 3-570-08305-5 · Printed in Germany

D Du bist dabei, dich auf ein Abenteuer einzulassen. Und wie das bei Abenteuern so ist, wirst du oft in Gefahr geraten und vor schwierigen Entscheidungen stehen. Allein deine Entscheidung bestimmt, wie die Geschichte weitergeht und welches Ende sie nimmt. Überleg also sorgfältig . . . du mußt klug entscheiden. Erfolg oder Untergang – beides liegt in deiner Hand.

Lies dieses Buch nicht einfach von Anfang bis Ende durch. Immer wenn es spannend oder gefährlich wird und du dich entscheiden mußt, wie es weitergehen soll, schlägst du die Seite deiner Wahl auf. Meist gibt es zwei oder drei Möglichkeiten. Und so liest du weiter, bis du an ein Ende gelangst.

Du kannst das Buch sehr oft lesen und immer wieder neue Abenteuer und einen neuen Ausgang erleben. Wenn du also einmal unklug gewählt hast, kehrst du einfach zum Anfang zurück und fängst neu an.

Viel Glück auf deinem Weg ins Abenteuer!

In diesem Buch bist du Omina, das Stiefkind Alcazars. Er ist der Magier des Ewigen Frühlings. Du bist unterwegs, um Heilkräuter für seine Suppe zu sammeln. Der friedliche Abend wird plötzlich gestört von kriegerischem Geschrei und dem Donnern vieler Hufe . . .

Du unterdrückst einen Angstschrei und stürmst über die Felder nach Hause. Die Nacht ist erfüllt von den Schreien der Werzen-Eber. Das Gebrüll hallt durch die Landschaft, das Hufgedonner wird immer lauter.

Ich hätte Alcazar nie alleinlassen dürfen, denkst du, nicht einmal zum Pflücken der Suppenkräuter.

Du wirfst die Handvoll Kräuter auf eine Bank und rufst deinen Kater.

»Schnell, Cornelius! Wir müssen zu Alcazar, bevor Werzens Armee ihn erreicht!«

Als du um die Hüttenecke nach hinten eilst, sinkt dir der Mut. Es ist zu spät. Orks hämmern an die Haustür.

Du weißt, du mußt dich schnell verstecken. Du wühlst dich in den Holzstoß neben der Tür, während deine Augen nach der Katze suchen.

»Cornelius Silven!« zischst du, aber er ist verschwunden. Plötzlich hörst du einen lauten Knall. Die Haustür wird aufgebrochen, Fenster zersplittern, die Armee stürmt in die Hütte.

Armer Alcazar! denkst du. Aber in dir erstarrt alles, als du Werzens Stimme den Lärm übertönen hörst.

»Ruhe!« brüllt er. Es wird sofort still. »So, so, so. Ist das nicht ein denkwürdiger Anblick? Der große Magier des Ewigen Frühlings liegt zu Bett, meiner Macht hilflos ausgeliefert.«

Das grausame Gelächter des Winterzauberers jagt dir eine Gänsehaut über den Rücken. Du kriechst tiefer unter die Baumstämme.

Du stellst dir Werzens häßliches Gesicht vor – seine schwarzen Augen, die böse durch Schlitze funkeln, den zottigen, eisverkrusteten Bart, die gebleckten Zähne wie gezackte Eiszapfen.

»Wo sind jetzt deine Kräfte und dein treues Gefolge, Alcazar?« höhnt Werzen. »Ich sehe niemanden, der dich schützt.«

»Was tun wir mit ihm, Werzen?« fragt eine barsch klingende Stimme. »Sollen wir ihn mit unseren Saufedern ein bißchen stechen?«

Die Soldaten schnauben, schnüffeln und lachen grob.

»Nein, Schafskopf«, knurrt Werzen. »Ich möchte das Vergnügen genießen, ihn leiden zu sehen. Wir schaffen ihn zur Eishöhle in meinem Burgverlies und sehen zu, wie er langsam erfriert!«

»Hörst du das, Scrugg? – Die Eishöhle!« sagt ein Ork strahlend.

»Er kann neben dem ungehorsamen Eber mit dem messerscharfen Gebiß hängen. Der müßte inzwischen richtig hungrig sein«, höhnt ein anderer.

»Ruhe!« brüllt Werzen. »Eberführer, holt eure Fesseln und schafft ihn fort! Und haltet ihn auf dem Weg nach Norden am Leben!«

Füße stampfen laut, und du stellst dir vor, wie die grauenhaften Wesen Alcazar aus dem Bett zerren und den Gebrechlichen grob fesseln. Du hast alle Mühe, nicht zu seiner Verteidigung hinauszuspringen. Nur Alcazars Warnung hält dich zurück: »Sie sind eine Armee, und du bist allein. Wenn etwas geschieht, mußt du dich selbst schützen. Du bist mir wichtiger als mein eigenes Leben.«

»Und nun gehört das Reich uns!« brüllt Werzen, während die Ork jubeln.

Nicht lange, schwörst du stumm. Nicht lange!

»Laß die eisigen Winde wehen! Laßt den Winterschnee auf das Land herabsinken! Laßt alles, was grün und lebendig ist, sich in Kälte und Dunkelheit verwandeln! Der eisige Winterfrost soll ewig herrschen!« dröhnt Werzens Stimme. Die Armee des Bösen rast donnernd davon und brüllt ihren Siegesjubel in die Nacht hinaus.

Eiskalter Wind heult über den Holzstoß und peitscht Schnee tief in die Ritzen deines Verstecks. Du schauderst heftig und beginnst dich unter den Baumstämmen hervorzuwinden. Dabei lauschst du auf jedes Geräusch, ob Werzen vielleicht Soldaten zurückgelassen hat. Du hörst nichts, schleichst in die Hütte und hüllst deinen zitternden Körper in schwere Decken.

Du versuchst dich auszuruhen, aber dein Herz hämmert heftig, und Schlaf will sich nicht einstellen. Bevor der Morgen graut, sind viele Entscheidungen zu fällen. Du mußt deinen Stiefvater auf irgendeine Weise befreien und ihm seine Gesundheit wiedergeben.

Dir fällt ein, was Alcazar dir über den Pilz der Blutroten Flamme erzählt hat, der im Verbotenen Wald wächst.

»Er ist das einzige Heilmittel für meine Krankheit«, hat er gesagt. »Die Druiden können dir helfen, ihn zu finden. Aber im Wald wimmelt es von gefährlichen Bestien, und du mußt sehr vorsichtig sein.«

Wirst du die Druiden finden können? Werden sie dir helfen, den Pilz der Blutroten Flamme zu finden? Kannst du ihn zu Alcazar bringen, bevor es zu spät ist?

Vielleicht solltest du zuerst versuchen, ihn zu retten, und erst später nach den Druiden suchen? Aber andererseits...

Als die Dämmerung den Horizont erkennbar werden läßt, siehst du nur noch zwei Möglichkeiten:

1) Du kannst versuchen, zuerst Werzen zu vernichten, und dann Alcazar retten, bevor er erfriert. Lies weiter auf S. 65

2) Du kannst die Druiden suchen, den Pilz der Blutroten Flamme finden und ihn zu Alcazar bringen. Lies weiter auf S. 21

Du fährst wie der Blitz auf dem Absatz herum und stürzt davon, zurück zu Luna. Aus der Dunkelheit hinter dir kreischt eine Stimme, rauh wie eine alte Trompete.

»Du bist närrisch! Du hast auf Macht und Schönheit verzichtet! Nun wirst du nie glücklich sein! Du hattest deine Gelegenheit, nun ist sie dahin!«

Ohne noch auf das zu achten, was die Hexe schreit, läufst du weiter. Dein Blut hämmert in den Schläfen.

»Omina!« ruft Luna, als du an der Weggabelung um die letzte Biegung läufst.

»O Luna, du hast recht gehabt! Auf dem Weg wartet wirklich eine Hexe«, keuchst du, während du auf den Ast zueilst, wo sie sitzt. Du bleibst wie angewurzelt stehen, als du ihr Gesicht siehst. »Luna, du siehst schrecklich aus! Was ist geschehen?«

»Es ist so kalt, Omina, und ich fürchte, meine Flügel frieren fest. Ich kann sie nicht mehr bewegen.«

»Arme Luna«, rufst du, nimmst sie in deine gewölbten Hände und hauchst vorsichtig ihre erstarrten Flügel an.

»Wenn ich fliege, stört mich die Kälte nicht, aber sobald ich zu lange an einer Stelle bleibe, kriecht sie in meine Adern.« Ihre Stimme verklingt zu einem Hauch, ihre hellgrünen Flügel sinken herab.

»Der Reif vergeht unter meinem Atem, Luna. Kannst du es spüren?«

»Ja, es tut gut.«

»Komm, ich nehme dich unter den Umhang, damit du es warm hast«, sagst du und schiebst den Nachtfalter in deine Rocktasche. »Wie ist das? Fühlst du dich besser?«
»Viel besser, Omina. Bald geht es mir wieder gut.«
»Das ist schön. Bleib, wo du bist. Du kannst mir von dort aus Hinweise geben«, sagst du. »Ich nehme jetzt den Weg nach rechts, ist das recht?«
»Richtig. Rechts auf den Weg ist recht«, piepst die kleine Stimme aus deiner Tasche.

Bitte, lies weiter auf S. 74

Du greifst tief in deine Tasche und ziehst deine goldene Pfeife heraus. Du hältst sie in der Hand verborgen, während du sie an die Lippen hebst, dann atmest du tief ein und bläst mit aller Kraft hinein.

Musik tönt aus der Pfeife und schwebt hinaus in die Luft. Es ist eine sanfte, bannende Melodie, wie ein Wiegenlied aus einer ferntönenden Flöte. Du siehst, daß die Lilien schläfrig werden. Ihre Köpfe sinken tief auf die Halme, ihr Murren verstummt.

Bald verfallen sie in tiefen Schlaf. Die Flötenmelodie verklingt, und die goldene Pfeife verschwindet spurlos.

Du packst deinen Mantel und bahnst dir einen Weg durch die Lilienhalme, als du plötzlich eine bösartige Stimme und zornige Worte hörst.

»Au! Du hast mich getreten, und ich gehöre nicht zu denen, die sich treten lassen. Paß bloß auf, wo du hintrittst!«

Vor deinen Füßen sitzt eine Muschel, so groß wie deine Katze Cornelius. Ihr Gesicht wirkt überaus verärgert. Auf dem Kopf sitzt schief eine Matrosenmütze, und die Muschel trägt ein wunderbares Gebiß aus Goldzähnen.

»Du meine Güte, das tut mir aber leid«, sagst du, von der ganzen Aufregung außer Atem. »Ich habe dich gar nicht bemerkt.«

»Natürlich nicht!« faucht die Muschel. »Für dich bin ich ja nur ein kleines Wesen aus dem Meer, ohne Bedeutung. Das weiß ich. Aber gestern – gestern hättest du mich noch nicht getreten, nein, meine Liebe! Gestern sah es noch anders aus.«

»Was meinst du mit ›gestern‹?« fragst du.

»Gestern war ich so groß wie du, vielleicht größer«, fährt dich die Muschel an. Die Zähne funkeln in der Sonne. »Ich war Dockmeister unten am Strand, ein Mensch genau wie du, und führte mein Boot jede Stunde pünktlich nach Etaknon.«

»Etaknon? Was ist Etaknon?«

»Die schönste, friedlichste Insel in dieser Gegend, das ist alles. Ein Ferienwunderland. ›Komm auf eine Woche, bleib ein Leben lang‹ – das ist das Motto der Etak, verstehst du?«

»Und was ist mit dir passiert? Warum bist du eine Muschel geworden?«

»Woher soll ich das wissen? Ich ging, wie immer, zu einer vernünftigen Zeit schlafen. Du weißt ja: *Früh ins Bett und früh auf die Beine*. Das ist mein Motto. Und ich wache auf als Muschel – noch dazu in einem Schneesturm! Nur ein Glück, daß meine goldenen Zähne noch an ihrem Platz sind, und mein Boot hier liegt. Das ist alles, was ich dir sagen kann.«

Du nickst vielsagend mit dem Kopf.

»Jetzt begreife ich«, sagst du.

»Was begreifst du?« fragt die Muschel ungeduldig. »Sprich schon. Was meinst du?«

»Es ist ein Werzen-Fluch. Er hat dich in eine Muschel verwandelt, damit du nicht auf die schöne Enon-Insel zurückkannst.«

»Etaknon«, verbessert er dich. »Werzen? Was für ein Werzen? Du meinst den Winterzauberer? Na, diese miese, abscheuliche, widerliche Figur von einem Zauberer«, zischt er, während sein Goldgebiß laut klappert. »Ich besorge es ihm für diese . . . diesen . . .« Die Muschel findet keine Worte mehr.

»Aber wie? Das ist das Problem. Er hat auch meinen Stiefvater entführt, den muß ich sofort aus Werzens Händen befreien. Hast du Vorschläge?«

»Laß mich nachdenken.« Die Muschel fährt sich mit einer schlangenartigen Zunge über die Zähne. »Sicher, die Etak können uns helfen. Ihre Herzen sind aus Gold – mein Lieblingsmetall, falls du das noch nicht gemerkt hast.«

»Also, wie kommen wir hin – nach Etaknon, meine ich – wenn du nicht mehr jede Stunde mit deinem Boot fahren kannst?«

»Ja, das ist ein Problem. Es sei denn . . .« Die Muschel zeigt ein strahlendes Lächeln. »Es sei denn, du kannst das Boot hinübersegeln.«

»Ich bin kein großer Seemann«, gestehst du. »Schon gar nicht bei diesem Wetter.« Der Wind wird heftiger und bläst dir große Schneeflocken ins Gesicht.

»Das macht nichts«, sagt die Muschel. »Ich navigiere. Aber viel mehr kann ich nicht tun, ohne Hände!«

»Tja . . .« Du wirfst einen Blick auf das goldglänzende Holzboot, das am Ufer liegt. Segeln gehört nicht zu deinen Talenten, aber wenigstens sieht das Boot vertrauenerweckend aus.

»Es sieht zwar ganz seetüchtig aus«, sagst du. »Aber ob es einem Schneesturm standhält? Was meinst du?«

»Mein Boot? Meine *Goldie*? Sie ist das schönste Fahrzeug auf dieser Seite des Ballonblumenflusses. Sie hat tobende Wetter, Tornados und Taifune überstanden. Ein Schneesturm hält sie nicht auf. Sie bringt uns nach Eknaton wie im Traum.«

Du mußt entscheiden, ob du mit der Muschel fahren willst oder nicht. Du hast zwei Möglichkeiten:

1) Segle das Boot mit der Muschel nach Eknaton. Lies weiter auf S. 124
2) Überlaß die Muschel sich selbst und geh allein weiter an der Küste zu Werzens Schloß. Lies weiter auf S. 132

Du ziehst die Pfeife aus der Tasche. Im Schneenebel schimmert sie wie ein Sonnenstrahl.

»Beeil dich!« ruft Cornelius. »Blas schnell in die Pfeife, Omina! Die Sumpfbestien haben uns fast erreicht!«

Ein schriller Pfiff, und der Hirsch und du werden hoch in die Luft gehoben. Ihr wippt wie Flugdrachen im Märzwind.

»Cornelius, wir fliegen!« rufst du, während der Wind euch zum Wasser trägt. Plötzlich zerschmilzt die Pfeife in deiner Hand, und du stürzt zusammen mit Cornelius in die eisigen Fluten. Das Wasser ist von lähmender Kälte. Du tauchst rasch auf und schwimmst zum nahen Ufer. Als du auf die Böschung neben der schneebedeckten Düne hinaufkriechst, taucht auch Cornelius auf.

»Ich bin gar nicht naß!« entfährt es ihm. Er schüttelt sich.

»Wie sonderbar ... und da, schau! Was bedeutet der blaue Strahlenglanz um deinen Körper?«

»Keine Ahnung – aber du hast auch einen.« Auf einen heftigen Knurrlaut hin fährt Cornelius herum. »Psst! Nicht rühren!« flüstert er.

Aus dem Augenwinkel siehst du die Herde riesiger Sumpfbestien die schweren Köpfe langsam hin und her bewegen. Dumpf blicken sie von den Schneehügeln zum Himmel und dann zu den frosterstarrten Feldern.

Dir und Cornelius kommt gleichzeitig derselbe Gedanke.

»Sie können uns nicht sehen!« flüstert ihr im selben Augenblick.

Du siehst stumm zu, wie der triefäugige Anführer der Herde sich herumdreht, einen unirdischen Schrei ausstößt und durch die Tundra nach Süden zurückstapft. Die anderen Tiere folgen murrend.

»Wir sind unsichtbar!« jubelst du, springst auf und ab und umarmst Cornelius. »Das Wasser muß einen Zauber besitzen!«

»Was für ein Glück!« sagt Cornelius. »Aber früher oder später wird der Zauber vergehen. Wir sollten uns lieber beeilen.«

Bitte, lies weiter auf S. 54

Der Mond steht hoch an einem pechschwarzen Himmel. Es muß Mitternacht sein. Fünf Stunden bis zur Morgendämmerung. Fünf Stunden, in denen du dich lautlos, kaum atmend, verstecken mußt, bis die Lilien ihre Blütenblätter schließen und für diesen Tag verschwinden.

Du richtest dich im Schnee ein, gräbst leise eine kleine Vertiefung, um dich vor den Pflanzenungeheuern zu verstecken. Zwischen zwei hohen Felsblöcken geschützt, wickelst du dich in deinen Umhang und rollst dich eng zusammen.

Dein Herz schlägt so laut, daß du befürchtest, die Lilien könnten es hören. Trotzdem versuchst du, ruhig zu bleiben und denkst an gute Träume, bis du schläfrig wirst und endlich einschlummerst.

Plötzlich wirst du von Sonnenlicht geweckt, das dir in die Augen flutet. Du hast die ganze Nacht geschlafen. Du setzt dich steif auf und entdeckst, daß sich nichts verändert hat.

Die Monsterlilien stehen immer noch hoch und bedrohlich um dich herum und sehen dich jetzt. Ihre großen Köpfe beginnen sich in deine Richtung zu neigen, als hätten sie die ganze Nacht geduldig auf dich gewartet. Du weißt jetzt, daß du etwas tun mußt.

Geh zurück zu S. 144
und triff eine andere Wahl

Du ziehst deine wärmste Kleidung an: hohe Lederstiefel, zwei Wollpullover und deinen dicken, weißen Umhang mit der Kapuze.

Du weißt, daß du für die Reise Waffen brauchen wirst, und greifst deshalb nach einem schweren, eisernen Schürhaken am Herd. Mal sehen, denkst du. Ich könnte auch magischen Schutz gebrauchen. Was kann ich da nehmen?

Dein Stiefvater hat für Notfälle eine goldene Trillerpfeife aufbewahrt, versteckt hinter einem lockeren Stein im Kamin.

»Der Zauber in der Pfeife wirkt nur einmal, also nutze sie klug«, hat Alcazar gesagt. Du holst die Zauberpfeife aus dem Versteck und steckst sie in die Tasche.

Ausgerüstet mit Schürhaken und Pfeife machst du dich auf den Weg zum Verbotenen Wald, um die Druiden zu finden. Dein Mut sinkt, als du siehst, daß Werzens Zauberspruch alle Narzissen und Tulpen getötet hat. Die Felder sind tief verschneit, und deine Beine sind bleischwer vom Stapfen, ehe du den Wald vor dir siehst.

Die nackten Bäume am Waldrand werfen lange Schatten auf den Schnee, und obwohl das Laub fehlt, siehst du, daß dieser Wald dicht und dunkel ist und kaum ein Fleckchen grauer Himmel hindurchscheint.

Du hattest den einen oder anderen Wegweiser erhofft: *Zu den Druiden nach rechts* oder *Auskunft nach sieben Bäumen geradeaus*. Aber das hier ist kein zivilisierter Wald. Es ist nichts zu sehen als Baumstämme, hinter denen tiefe, kalte Schwärze lauert. Nichts ist zu hören, als das Knarren deiner eigenen Schritte auf dem gefrorenen, verschneiten Boden.

Du bist noch keine Meile weit in den Wald eingedrungen, als du Gemurmel hörst. Du bleibst wie angewurzelt stehen und lauschst.

»Ausgezeichnetes Exemplar der Spezies Pfauenauge«, knarrt eine Stimme aus dem Dunkel. »Mein schönster Falter bisher. Hinein ins Glas mit dir!«

Du schleichst auf die Geräusche zu und siehst bald ein Strohdach, getragen von abgesägten Baumstämmen, das Ganze bezogen mit eisbereiften Moskitonetzen. Im Innern sitzt ein grauer, kleiner Mann mit Safarihut, eine Decke über den Schultern. In der Hand hält er einen Schmetterling mit blauen Punkten. Über seiner Schreibtischplatte baumelt ein hölzernes Schild:

Professor Erasmus Quince, Lepidopterist

»Entschuldigen Sie, Sir«, sagst du, während du die steif gefrorene Netztür öffnest. »Könnten Sie mir wohl sagen . . .«

»Augenblick. Einen Augenblick.« Er läßt den Schmetterling in ein Glas fallen und klappt den Deckel zu.

»Hat dir schon einmal jemand gesagt, daß du reichlich unhöflich bist?« fragt er und funkelt dich böse durch so dicke Brillengläser an, daß seine Augen aussehen wie verschwommene braune Käfer.

»Ich wollte doch nur . . .«

»Warte, warte! Sei still!« Er sucht nach einer Stelle, um das Glas abzustellen, aber die Tischplatte ist übersät mit verstaubten Büchern, Landkarten und Schmetterlingen. Er stellt das Glas in ein Regalbrett, wo ein ähnliches Durcheinander herrscht. Dann lehnt er sich auf seinem Hocker zurück und betrachtet dich eingehend vom Scheitel bis zur Sohle.

»Aha, ein interessantes Exemplar. Was bist du? Ein Elf?
Ein Halbling?

»Ein Mensch, Sir. Ich bin ein Mensch wie Sie«, erwiderst
du ein wenig verärgert. »Sehen Sie das denn nicht?«

»Gewiß, gewiß«, sagt er und zuckt mit der Nase wie eine
Maus, so daß seine Brille auf- und abhüpft. Er nimmt den
Hut ab und fährt mit den Fingern durch sein mattbraunes
Haar, bis es kerzengerade in die Höhe steht. »Wir wollen
aber genau sein. Wissenschaftlich. Ein Menschenkind,
ohne Zweifel. Ein junger Homo sapiens.«

Du bemerkst, daß er eine mit Taschen übersäte Weste
trägt, jede mit eigener Beschriftung: *Nadeln, Watte, Blei-
stifte*. Er greift in die Tasche mit der Aufschrift *Lupe* und
winkt dich heran.

»Mach den Mund auf und laß deine Zähne sehen, Kind.«

»Wozu denn das?« fragst du entsetzt.

»Um zu bestimmen, ob du recht hast, ob du in der Tat ein
Homo sapiens jungen Alters bist.«

»Genug, Sir. Ich darf keine Zeit verlieren«, protestierst
du. »Ich muß die Druiden finden und möchte gern wissen, ob Sie mir den richtigen Weg zeigen können.«

»Druiden? Druiden? Nein, da kann ich dir wirklich nicht
helfen. Siehst du, ich bin Lepidopterist, Wissenschaftler,
kein Auskunftsbüro.« Er klappt ein feucht gewordenes
Buch auf und zieht die verklebten Seiten auseinander, als
sei euer Gespräch beendet.

Du wendest dich ab, um zu gehen, aber deine Neugier
gewinnt die Oberhand.

»Professor Quince«, sagst du, »was ist ein Lepi – Lepidopterist?«

»Ein Entomologe, der sich auf das Studium von Lepidop-teren spezialisiert hat«, rasselt er herunter. Er hebt den Kopf, um auf dein entgeistertes Gesicht zu blicken, und fügt hinzu: »Ein Schmetterlingssammler, mein Kind. Hier kommt übrigens gerade eine Beute von mir.«

Ein hellgrüner Nachtfalter mit langen Schleppen an den Flügeln flattert zur Tür herein und landet auf dem Schreibtisch des Professors. Ein kleines Staubwölkchen steigt empor.

»Kein besonders schönes Exemplar, nicht wahr?« sagt der Professor und rümpft seine Mausnase. »Nur ein einziger Fühler. Nicht gut genug, um in einem meiner Bücher gepreßt zu werden.«

Der Nachtfalter errötet zu heller Pfirsichfarbe und senkt die Wimpern über die goldenen Augen. Ein Mädchen.

»Aber eine ordentliche Führerin wird sie wohl sein«, fährt er fort. »In ihrem einen Fühler hat sie Licht, wie du siehst. Eigenartig, nicht?«

»Das scheint mir aber sehr nützlich zu sein«, sagst du, weil dir klar ist, daß der Professor die Gefühle des Nachtfalters verletzt.

»Falter sind nicht dazu gedacht, nützlich zu sein!« knurrt er. »Sie sollen nur schön sein. Ohne ihre großartige Vollkommenheit sind sie nichts!«

Er klappt das Buch zusammen und beendet das Gespräch. Das Nachtfalter-Mädchen huscht in eine entlegene Ecke. Die Flügel beben. Sie versucht sich hinter einer Flasche zu verstecken.

»Du hast mich für heute genug gestört, mein Kind. Nun zieh weiter.«

»Aber, so warten Sie doch, bitte. Ich habe eine Idee ... das heißt, eigentlich möchte ich Sie um einen Gefallen bitten. Ich brauche einen Führer, der mich durch den Wald geleitet. Sicher könnte Ihr Nachtfalter-Mädchen mir helfen. Sie könnte mich zu den Druiden führen, dann schicke ich sie sofort heim. Das verspreche ich Ihnen.«

Der Nachtfalter blickt mit leuchtenden Augen unter einem Flügel hervor.

»Was meinst du, Luna?« fragt der Professor. »Ich bin mit diesem Pfauenauge beschäftigt und hätte nichts dagegen, dich eine Weile loszuwerden.«

»Ja, ja! Ich bin gern deine Führerin«, sagt Luna ganz aufgeregt. »Und ich kenne eine Abkürzung zum Hain der Druiden, wo du viel Zeit sparst.«

»Sie kann reden!« rufst du.

»In der Tat ein seltsames und enttäuschendes Exemplar, wie ich schon sagte«, knurrt Professor Quince. »Na gut, nimm sie mit. Aber ich brauche ein Pfandgeld von fünf Goldstücken, um sicher zu sein, daß du sie wiederbringst.«

»Aber ich habe keine fünf Goldstücke! Ich habe kein Geld bei mir!« wendest du ein.

»Dann bekommst du auch keinen Luna-Falter«, sagt er, zieht das Pfauenauge aus dem Glas und stößt eine Stecknadel hinein. »Und das eine will ich dir sagen, junger Homo sapiens – du wirst ohne Hilfe nie durch den Wald kommen. Millionen Wesen warten nur auf ein so feines Exemplar wie dich. Ich garantiere, daß du bis zur Morgendämmerung tot bist, wenn du allein weitergehst.«
Du kramst in deinen Taschen und suchst etwas, das du als Pfand einsetzen kannst. Du hast nur eine Kostbarkeit, das ist deine Zauberpfeife. Du kannst zwischen zwei Möglichkeiten wählen:

1) Willst du deine goldene Pfeife als Pfand für Luna zurücklassen, lies weiter auf S. 126
2) Willst du in die Pfeife blasen, weil du hoffst, sie könnte dich zu den Druiden bringen, lies weiter auf S. 28

Du reibst dir die Augen, öffnest sie einzeln und erkennst, daß du an einem Ort bist, wo es sehr dunkel und sehr feucht ist. An den Wänden wächst Moos. Die einzige Lichtquelle ist ein Eingang, eine gewölbte Öffnung, die nach draußen führt, wo die Sonne scheint.

»Ein Baumstamm!« sagst du. »Wie, um alles in der Welt, bin ich in einen Baumstamm geraten?«

Du schüttelst den Kopf und fühlst dich ein bißchen schwindlig.

»Das ist merkwürdig. Ich kann mich gar nicht erinnern...« sagst du und trittst hinaus in die Sonne.

Du hebst den Kopf und siehst große Haufenwolken am Himmel dahinziehen. Du blickst auf den Boden und siehst ein kleines, braunes Gesicht hinter einem Seifenbaum hervorlugen. Freundliche Halblinge hüpfen der Reihe nach aus dem Baumstamm. Sie lächeln breit und tragen Früchte und Blumen. Bald bist du von hundert der kleinen, lachenden Wesen umgeben.

»Willkommen auf der Insel Etaknon, Omina«, sagt einer von ihnen und reicht dir einen Strauß Orchideen.

»Du kennst meinen Namen?« fragst du.

»Natürlich kennen wir ihn. Wir sind die Etak.«

»Und wollen, daß du hier glücklich bist«, fügt ein zweiter hinzu und gibt dir eine rosige Riesenbirne.

»Wie bin ich hierhergekommen? Wißt ihr das auch?« fragst du die kleinen Wesen.

»So, wie jeder hierherkommt«, erwidert ein Etak mit einem Arm voll Akelei. »Durch Zauberei.«

»Wir sind hier, um dich glücklich zu machen«, sagt ein anderer stolz.

»Es gibt nur einen Weg, mich glücklich zu machen«, erwiderst du. »Man muß mir helfen, Werzen, den Winterzauberer, zu finden, damit ich meinen Stiefvater befreien kann.«

»Alles zu seiner Zeit«, sagen die Etak im Chor.

»Wir kennen dein Problem«, erklärt der Etak mit der Birne. »Für alle Probleme gibt es Lösungen, aber du mußt Geduld haben.«

»Die Zeit verrinnt doch«, sagst du ganz ungeduldig.

»Keine Sorge. Etaknon ist kein Ort für Sorgen«, sagt ein kleines Wesen und flicht dir ein gelbes Maßliebchen ins Haar. »Und nun komm mit, Omina.«

Lies weiter auf S. 63

»Danke für Ihr freundliches Angebot«, sagst du. Du bist argwöhnisch, weil der Elf so gastfreundlich ist, argwöhnisch gegenüber seinem Tee und seinem Topasring. »Wir brauchen die ganze Nacht, um bis zum Morgengrauen Krions Schloß zu erreichen.«

»Aber der Sturm ist gewaltig«, warnt Fiffergrund. »Außerdem habe ich mich so darauf gefreut, dir ein herrliches Frühstück zu bereiten. Willst du es dir nicht noch überlegen?«

Du blickst verlangend auf das lodernde Feuer, drehst dich dann aber schnell um, greifst nach deinem Umhang und streckst die Hand nach dem Türgriff aus.

»Nein, danke. Wir müssen uns auf den Weg machen.«

Als du in den heulenden Sturm hinaustrittst, wirft dich ein eiskalter Windstoß beinahe um.

»Leben Sie wohl«, rufst du über die Schulter.

»Bitte, komm zu Besuch, wann du magst«, hörst du den Elf rufen. Dann wirft der Wind die Tür zu, und er ist fort.

»Kennst du den Weg, Cornelius? Ich kann kaum etwas erkennen!« rufst du laut und bedeckst die Augen halb mit den Händen, um sie vor dem peitschenden Schnee zu schützen.

Ein heftiger Windstoß heult vom Himmel herab und bildet einen Trichter um euch beide, hebt euch hoch und schleudert euch hoch in den schneedurchtosten Himmel. Lange, eisige Finger wirbeln euch im Kreis herum.

»Cornelius, ich glaube, das ist ein Orkan!« kreischst du und packst den Saum deines Umhangs, der wild über deinem Kopf flattert.

»Das ist kein Orkan, törichtes Kind!« Die bösartig lachende Stimme dringt tief aus dem Innern des Trichters. »Es ist viel schlimmer. Siehst du, ich habe nach dir und deiner lächerlichen Geweihkatze gesucht und euch nun endlich gefunden!«

»Werzen!« schreist du auf.

»Wie klug von dir, daß du mich erkennst!« Die böse Stimme verhöhnt dich, während du immer höher in die Luft geschleudert wirst. »Bist du auch schlau genug, um zu wissen, was ich mit dir und deinem Freund vorhabe? Sag es mir, kluges Kind, sag es mir!«

»Gib mich frei!« schreist du, aber deine Stimme klingt im Heulen des Windes ganz dünn.

»Niemals!« faucht Werzen. »Du bist am Ende und wirst deinen armen, kranken Magier niemals retten. Nein, mein Schlaukopf, auch du wirst sein Schicksal teilen – du wirst zu Tode erfrieren!«

Seine unheilvolle Stimme hallt in deinem Kopf wider, während Hagelkörner dir ins Gesicht prasseln und der Frost in die Tiefen deines Herzens dringt. Der Wind peitscht dich, wirft dich umher, schleudert dich hoch in die Sturmwolken hinauf, läßt dich zurückfallen in die Eisfinger. Du bist der bösen Macht hilflos ausgeliefert.

Plötzlich werden Cornelius und du mit ungeheurer Kraft auf den Boden geschleudert. Ihr zittert am ganzen Leib. Hartes, grausames Gelächter erfüllt den Himmel, während der Wind sich in das Sturmzentrum zurückzieht. Werzens Stimme verklingt zischend in der Nacht: »Erfrieren . . . ihr sollt erfrieren!«

»Ich bin am Ende, Omina«, wimmert der Hirsch. Sein Brustkorb hebt und senkt sich mit heftigen Bewegungen. »Sag das nicht, Cornelius. Wir dürfen die Hoffnung niemals aufgeben.« Aber im Herzen empfindest du kaum Hoffnung. Die kalten, weißen Flocken häufen sich um euch, und du weißt, daß die Winternacht lang und dunkel ist. Du wünschst dir, daß es Frühling wäre, du wünschst dir deine goldene Pfeife, und du wünschst dir, dies wäre nicht das . . .

ENDE

»Gehen wir sofort zu Alcazar«, sagst du. »Wir dürfen keine Zeit verlieren.«

»Kaum gesagt, schon getan!« erklärt der Alchimist und zieht eine kleine Phiole voll dunkelblauer Flüssigkeit aus dem Ärmel. »Trink, meine Taube. Wir sind gleich bei deinem Stiefvater!«

Du trinkst einen Schluck und – KRACH! Rosarotes Licht blitzt auf, und du liegst ausgestreckt auf dem Rücken im Schnee. Aus den Augenwinkeln siehst du überall schroffe Felsen und eisverkrustete Steinblöcke. Nur wenige Zentimeter vor deinen Füßen peitschen Wellen vom Meer heran.

»Na, du verflixter Alchimist!« entfährt es dir, während du dich aufsetzt, um den Schnee von deinem Umhang zu wischen. »Er wußte überhaupt nicht, was er tat! Alcazar retten, daß ich nicht lache! Und wo ist Cornelius?«

Du suchst mit den Augen die Küste ab. Der Hirsch ist nirgends zu sehen. Dafür etwas anderes. Weit, weit im Norden siehst du eine riesige schwarze Burg hoch auf einer steilen Klippe emporragen.

»Werzens Burg!« rufst du. Du springst auf und hörst in diesem Augenblick ein Stöhnen hinter den Felsen.

»Werzens Burg!« tönt ein hohles Echo.

Du fährst herum und suchst die Felsen nach einem Lebenszeichen ab, aber da ist nichts, gar nichts.

»Ich höre schon Stimmen«, sagst du kopfschüttelnd zu dir selbst. »Was für einen Schlag muß ich abbekommen haben bei meiner Landung!«

»Werzens Schloß!« Wieder tönt die Stimme aus den Felsen. »Gehst du zu Werzens Schloß?« Jetzt kannst du ein Licht sehen, eine Laterne tief in einer Höhle, die in den Klippen verborgen ist. Du kneifst die Augen zusammen, um mehr zu erkennen, aber sichtbar ist nur die Laterne.

»Wer ist da?« fragst du scharf und laut, bemüht, die panische Angst niederzukämpfen, die in dir aufsteigt. »Wer bist du?«

»Ein ganz alter Eberführer«, erwidert die hohle Stimme. »Ein Eberführer, der viele Monate in der Eishöhle von Werzens Burg hing.«

»Aber ich kann dich nicht sehen«, sagst du. »Warum kann ich dich nicht sehen?«

»Weil der Tod mich von meiner Qual erlöst hat. Nun wandelt mein Geist an dieser einsamen Küste.«

»Ein Geist!« murmelst du und greifst nach deinem Schürhaken, der am Boden liegt. Die Laterne dreht sich nun langsam zu dir, kommt aus der Höhle heraus und über die Felsen. Du spürst, wie du am ganzen Leib zu zittern beginnst.

»Was willst du?« stößt du hervor.

»Du gehst zu Werzens Schloß, nicht wahr?«

»Hm . . . ja«, erwiderst du zögernd.

»Ich möchte mit dir gehen«, sagt der Geist. Er schwingt die Laterne, während er auf dich zukommt. »Ich will den Winterzauberer vernichten. Ich will Rache.«

»Aber wie können wir ihn vernichten?« fragst du.

»Ich weiß einen Weg, schon seit einem Jahrhundert denke ich darüber nach«, antwortet der Geist. »Ich erzähle dir davon, während wir zur Burg wandern.«

»Aber ich kann dich nicht einmal sehen«, sagst du.

»Du willst mich sehen? Dann mache ich mich für dich bald sichtbar. Du wirst alle Einzelheiten meines gemarterten Körpers sehen, die Wunden von den Eisenketten, die meine Arme fesselten, die Erfrierungen, die mir den Tod brachten.«

Dein Herz schlägt bis zum Hals, ganz langsam weichst du vor der Stimme zurück.

»Ich bin auf einer Mission des Guten – um meinen Stiefvater zu retten – nicht auf der Jagd nach Zauberern«, erklärst du dem Geist.

»Das kümmert mich nicht. Ich will Rache«, heult die Stimme. »Rache!«

Die Laterne kommt näher, über die Felsen, über den Schnee. Du mußt sofort etwas tun. Du hast drei Möglichkeiten:

1) Bitte den Geist, dich auf der Reise zu begleiten. Lies weiter auf S. 118
2) Flieh vor dem Geist. Lies weiter auf S. 142
3) Blas in deine goldene Pfeife. Lies weiter auf S. 28

»Das ist eine gefährliche Mission, und ich darf niemanden sonst damit belasten«, sagst du. »Ich gehe allein weiter.«

»Aber du brauchst mich doch, Omina. Ich kann bei Schnee schnell vorankommen und in dieser heimtückischen Kälte überleben.«

»Es tut mir leid. Ich habe meine Entscheidung getroffen. Ich gehe allein.«

Als du dich zum Gehen wendest, blickst du in die sanften, grünen Hirschaugen. Sie sind denen von Cornelius so ähnlich, daß du einen flüchtigen Augenblick lang überlegst, ob du einen Fehler gemacht hast. Aber du nimmst dich zusammen und wendest dich ab.

Du bist kaum hundert Meter weit gekommen, als du Schritte hinter dir hörst. Bevor du dich umdrehst, greifst du in deine Tasche und umklammerst deine goldene Pfeife.

Wenn ich in Gefahr bin, sagst du dir, blase ich hinein und entkomme.

Da ruft eine Stimme hinter dir: »Omina, du mußt mich mitnehmen! Ich kann dich nicht allein gehen lassen!« Es ist der Hirsch.

Bevor du es dir anders überlegen kannst, hebst du die Pfeife an die Lippen und bläst mit aller Kraft hinein.

Lies weiter auf S. 28

Mit Hilfe von Lunas Licht hast du deine Fesseln binnen
Minuten gelöst.

»Ich bin froh, daß die Ork so schlechte Knoten knüpfen«,
sagst du heiter und reibst dir die wunden Handgelenke
und Knöchel.

Du schleichst zurück hinter die Hütte von Erasmus
Quince und kriechst unter dem Moskitonetz hindurch.
Die Ork heulen vor Freude, während sie mit ihren Spießen die Regale zertrümmern. Gläser und Falter und Nadeln fliegen durch die Luft und landen auf dem Boden.

»Hört sofort auf, ihr Unholde!« brüllt der Professor,
während er in der Hütte umhereilt. Er packt Schmetter-
lingsflügel und Bücher und umklammert sie, während
seine Nase wie die einer zornigen Ratte zuckt. »Ich habe
nichts, was für euch von Wert wäre! Überhaupt nichts!
Verschwindet und laßt meine Sachen in Ruhe!«

»Er hat recht, Thaug«, knurrt Gorff. »Das sind tote
Insekten, blöde Bücher, nutzloses Zeug. Wir vergeuden
hier nur unsere Zeit. Los. Ich glaube, wir sollten zur Burg
zurück, bevor es noch dunkler wird.«

Die Ork haben von ihrem Ausflug genug und verlassen
die Hütte. Unterwegs schlagen sie noch ein paar Gläser
herunter, die am Boden zerbersten. Erasmus Quince
fährt immer wieder mit den Fingern durch seine maus-
grauen Haare und schüttelt den Kopf.

Während alle dir den Rücken zuwenden, schleichst du
zum Schreibtisch und öffnest die Schublade, in dem die
goldene Pfeife liegt.

»Da ist sie, Luna«, flüsterst du. »Jetzt sind wir in Sicher-
heit.« Du greifst nach der Pfeife, als die Ork plärrend
wieder hereinstürzen und ihre Spieße schwenken.

»Wo ist das Kind, Alter?« fährt Thaug den Professor an
und packt ihn an der Weste.

»Sag es uns, oder du landest aufgespießt in einem Buch
wie einer deiner kostbaren Falter!« droht ein anderer
Ork.

»Laßt ihn in Ruhe!« entfährt es Luna. »Er weiß nicht
einmal, daß wir hier sind!«

»Still, Luna!« zischst du, aber die Ork springen schon
über den Schreibtisch auf dich zu. Kurz bevor sie dich
packen, umklammerst du die Pfeife mit der Hand und
bläst lang und fest hinein.

Plötzlich sind Luna und du umgeben von einer goldenen
Wolke, die euch zur Tür hinausweht und über die Baum-
wipfel. Nach wenigen Augenblicken sinkt die Wolke
herab und setzt euch sanft auf dem Waldboden ab. Du
öffnest deine Hand und siehst, daß deine Pfeife sich in
deiner Handfläche in goldenen Staub verwandelt hat.

»Luna, wo sind wir?« fragst du.

»Ich glaube, wir sind sehr nah am Druidenhain«, erwidert
sie und leuchtet mit ihrem Licht im Kreis herum. »Laß
mich sehen. Wir sollten durch dieses Dickicht gehen und
den Weg nach rechts nehmen.«

Plötzlich schaudert der Nachtfalter.

»Brrrr! Der Flug über die Bäume war sehr kalt. Ich glaube, meine Schwingen frieren ein.«

»Komm«, sagst du und nimmst sie in beide Hände. »Ich stecke dich in meine Tasche, wo es schön warm ist, Luna. Du kannst mir von dort aus den Weg erklären.«

»Gut«, sagt Luna, als du sie vorsichtig in deinen Umhang gleiten läßt. »Wenn du das Gefühl bekommst, dich zu verirren, brauchst du nur zu rufen.«

Lies weiter auf S. 74

»Es ist sehr freundlich von Ihnen, daß Sie uns helfen wollen, aber wir müssen wirklich weiter«, sagst du zu dem Alchimisten.

»Soll das heißen, daß ich hier die ganze Zeit halb erfroren herumstehe und du jetzt nicht einmal meine Dienste wünschst? Du machst einen schweren Fehler, mein kleiner Sperling. Es gibt keinen besseren Alchimisten in ganz Urk – oder auch sonst irgendwo im Universum. Erlaube, daß ich noch einmal frage: Darf ich dir und deinem Begleiter zu Diensten sein?«

»Nein, danke, Mister Ar ... Fred, Sir. Ich bin entschlossen.«

»Nun, meine kleine Taube, solltest du es dir jemals anders überlegen, kannst du dich jederzeit bei mir melden. Hier meine Visitenkarte.«

Als er dir ein Salbeiblatt mit Goldpuderschrift reicht, gibt es plötzlich einen Knall – und Glutias T. Argonimas verschwindet in einer Wolke aus rosarotem Rauch.

»Ich bin froh, daß er fort ist, Cornelius«, sagst du.

Du greifst in das dichte Fell des Hirschen und springst auf seinen Rücken. Sofort streckt sich sein kraftvoller Körper, und er läuft über die frosterstarrten Felder.

Während der Wind dir Schneeregen ins Gesicht peitscht, kehren deine Gedanken zurück zu Erinnerungen an sonnenbeschienene Narzissen, die früher dieses unfruchtbare Land bedeckten. Du fühlst dich sehr einsam und schmiegst dich dankbar an Cornelius' Fell, froh darüber, einen Freund zu besitzen.

Der Hirsch bleibt plötzlich stehen und flüstert: »Horch, Omina! Was ist das für ein Geräusch?«

»Es klingt wie Donner.«

»Fast, aber nicht ganz. Ich glaube, es könnten Stimmen sein.«

Nun hörst du es deutlich. Es ist das Geheul wütender Tiere. Du drehst dich um und siehst eine riesige Schar von Untieren mit mächtigen Köpfen über die Ebene hetzen. Ihr dampfender Atem bildet in der kalten Luft eine große Wolke. Sie rasen direkt auf dich zu. Von ihren Mäulern trieft Schaum, ihre Augen sind blutrot und funkeln vor Wut.

»Sumpfbestien!« rufst du. »Die Sumpfbestien aus dem Weidenmoor. Die Kälte muß ihnen den Verstand geraubt haben!«

Du klammerst dich an den Hals von Cornelius, während er den Schneedünen entgegenrast und die Sumpftiere hinter euch immer näher rücken. Die Luft brennt wie eisiges Feuer in deiner Lunge bei dem Ritt gegen den Wind.

Die Dünen sind eisglatt. Plötzlich rutschen Cornelius die Hufe weg. Er stürzt nach hinten. Du springst ab, um es ihm leichter zu machen.

Der Anführer der Herde hat dich fast erreicht. Du spürst seinen stinkenden Atem heiß auf deiner Haut. Er stößt einen Knurrlaut aus und stürzt sich auf dich. Bevor sein Gebiß dich ergreifen kann, schwingst du deinen Schürhaken und schlägst ihn dem Untier mit aller Kraft ins Gesicht. Aus einer tiefen Wunde über seiner Braue spritzt Blut.

Das Ungetüm brüllt vor Schmerz auf und schüttelt den Kopf, um das Blut aus dem Auge zu entfernen. Du kriechst auf allen vieren den Eishügel hinauf und drehst dich nach Cornelius um. Die Sumpfbestie rast vor Wut, das unverletzte Auge starr auf den Hirschen gerichtet.

»Cornelius, schnell!« schreist du. »Die Bestie ist hinter dir her!« Cornelius stemmt seine Hufe in den Grund, klettert am Hang der Eisdüne hinauf und bleibt neben dir stehen, die Augen vor Entsetzen weit aufgerissen.

Nach einem vergeblichen Versuch, die Düne zu erklimmen, bleibt der Anführer der Sumpfbestien stehen, um zu überlegen, wie es weitergehen soll.

»Omina, da!« ruft Cornelius.

Direkt unter dir, auf der anderen Seite der Düne, liegt ein Teich klaren Wassers, das sternengleich funkelt.

»Warum ist es nicht gefroren?« fragst du dich verwundert.

Dann hören alle Gedanken auf, weil du das Fauchen der Bestien hinter dir hörst. Der Anführer hat einen weniger steilen Hang entdeckt und stapft die Düne hinauf. Aus seinem Maul quellen Wolken eisigen Rauchs, die roten Augen gieren nach lebendigem Fleisch.

Du mußt sofort etwas tun. Du kommst zu dem Schluß, daß du drei Möglichkeiten hast:

1) Du kannst kopfüber in den Teich springen und um dein Leben schwimmen. Lies weiter auf S. 111
2) Du kannst in deine goldene Pfeife blasen. Lies weiter auf S. 18
3) Oder du kannst versuchen, gegen die Sumpfbestien zu kämpfen. Lies weiter auf S. 147

»Zuerst muß ich diese Fesseln lockern. Dann planen wir unseren Angriff. Komm, Luna, richte dein Licht auf meine Hände.«

Du kannst die Ork rund um die Hütte toben hören, während du die Hände aus den Knoten befreist.

»Das tut gut«, sagst du und reibst die wunden Handgelenke. »Jetzt das Licht auf die Füße.«

Während du dich abmühst, die Fußfesseln zu lösen, hörst du einen Ork schreien: »Sie versucht zu entfliehen, Thaug! Da! Das Kind versucht zu fliehen!«

»So, wirklich? Na, diesesmal besorgen wir es ihr endgültig. Sie wird uns lästig!«

»Holt die Schmetterlingsnetze!« ruft eine Stimme.

Du stellst dich auf die Beine, so schnell du kannst. Sie sind immer noch zusammengebunden, und du hüpfst in den Wald davon, geführt von Luna. Die Ork jagen hinter dir her und holen auf, während sie quietschend durch den Schnee trampeln.

Plötzlich verfängt sich deine Schnur an einer Baumwurzel. KRACH! Du landest mit dem Gesicht voraus auf dem Waldboden. Du versuchst dich aufzurichten, aber bevor dir das gelingt – HUI! – umgibt ein Schmetterlingsnetz deinen Kopf, ein zweites schnürt deine Füße und Beine ein, dann stürzen sich fünf Ork auf dich und binden die Netze fest.

»Hilfe! So helft mir doch!« kreischst du und versuchst, dich aus den Netzen zu befreien.

Blitzschnell stürmt Erasmus Quince heran und schlägt mit Schmetterlingsnetzen auf die verblüfften Ork ein.

»Ihr Unholde!« faucht er. »Laßt sie los!« Seine Mausnase zuckt heftig, während er wutentbrannt auf und ab hüpft.

»Erledige den Alten, Thaug!« hörst du, und während du hilflos zusiehst, stürzen die Ork sich auf den Professor. Sie wickeln seinen Körper in Netze und verknoten sie fest.

»Laßt den Nachtfalter nicht entkommen!« schreit Gorff, und im nächsten Augenblick seid ihr alle drei gefangen wie die Schmetterlinge des Professors.

»Gut gemacht, Leute«, schnaubt Thaug. »Schnallt sie auf die Eber, damit sie unsanft zur Burg zurückreiten können!«

Die Ork glucksen und grinsen hämisch, während sie den Auftrag ausführen.

»Wir gehen über die Felder zurück, um uns nicht noch einmal zu verirren. Hierher, Leute!« ruft Thaug.

»Auf zu Werzen!« brüllen die Ork, und die Kolonne holpert schnaubend aus dem Wald und über die weißen, eisigen Felder.

Dein Kopf schmerzt, während er auf dem Eber auf und ab wippt. Dein Mut sinkt, denn diesmal kannst du keinen Ausweg erkennen. Diesmal sieht es aus nach dem . . .

ENDE

»Komm, folge mir«, sagt der Druidenpriester. »Ich bereite mein Einhorn für die Reise vor.«
Als du ihm nachgehen willst, kommt dir ein schrecklicher Gedanke.
»Luna«, sagst du und räusperst dich, um die Traurigkeit in deiner Stimme zu verbergen. »Mir ist eben etwas eingefallen. Ich habe Professor Quince versprochen, dich sofort zurückzuschicken, sobald wir den Pilz gefunden haben. Das heißt, ich muß jetzt allein weiter. Du mußt nach Hause.«
»Nein, Omina, das kannst du nicht tun. Bitte, laß mich dir helfen, Alcazar zu finden«, fleht sie. »Vor dir liegen noch viele Gefahren, und zum Professor kann ich später immer noch zurück.«
Du kannst es nicht ertragen, die kleine Luna anzusehen, weil ihre goldenen Augen voller Tränen sind. Du mußt dich entscheiden.

1) Lies weiter auf S. 121, wenn du dich an das Verspre- chen halten willst, das du Erasmus Quince gegeben hast, und Luna zurückschickst.
2) Lies weiter auf S. 151, wenn du Luna die Entschei- dung selbst überlassen und ihr erlauben willst, dich auf deiner Reise weiter zu begleiten.

»Komm, Luna, wir fliehen«, rufst du und kehrst um. Nun versperren Bäume den Weg. Du hebst den eisernen Schürhaken hoch über den Kopf und schlägst damit nach links und rechts.

Nun stöhnt nicht nur ein Baum, sondern die ganze Gruppe. Bald ächzen sie im Chor, dann krächzen die Krähen, die auf ihren Ästen sitzen, und der Wald hört sich an wie ein lärmerfüllter Dschungel.

Plötzlich beugt sich ein großer, schneebedeckter Ast herab und hebt dich von den Beinen. Er wickelt seine nadelbedeckten Zweige um deinen Körper, bis du dich nicht mehr bewegen kannst. WUMM! Der Schürhaken fällt auf den Waldboden. Nun bist du völlig wehrlos.

»Luna!« rufst du und hältst Ausschau nach deiner Freundin. »Wo bist du?«

»Hier, Omina«, hörst du Lunas Stimme. Sie ist von den Zweigen des Nachbarbaums eingefangen worden. Eine Krähe beäugt sie gierig.

»Weg da!« Du versuchst zu drohen, aber die Krähe achtet nicht darauf. Mit einem niedergeschlagenen Seufzer kannst du nur verfolgen, wie der Himmel langsam nachtdunkel wird. Plötzlich hörst du wildes Kreischen und Schnauben im stillen Wald.

»Werzens Armee, Luna«, flüsterst du. Du verstummst, als die Armee näherrückt. Bald schnüffeln einige Eber an den Bäumen und scharren zwischen den Wurzeln, während ihre Führer herumbrüllen.

»Da ist das Kind!« schreit ein Ork und zeigt mit einem Eberspieß in deine Richtung. »Sie ist in dem Baum da!«

»Hol sie herunter!« brüllt ein zweiter. »Steig hinauf und hack einfach den Ast ab, auf dem sie sitzt!«

Ein Ork klettert eifrig an dem Baum hinauf. Als er hoch genug gekommen ist, zieht er sein Schwert und beginnt auf den Ast einzuhacken. Du wippst auf und ab und hältst dich verzweifelt fest, als der schneebedeckte Ast mit dir hinabstürzt. Du raffst dich auf, aber ein Ork schlägt dich nieder, setzt sich auf dich und fesselt dich an Hand- und Fußgelenken.

Am Stamm des verletzten Baums tropft Blut herab. Er stöhnt vor Schmerzen. Bald darauf schwenken alle Fichten ihre Äste wie Riesenarme und schmettern mehrere Ork zu Boden.

»Hackt ihnen die Glieder ab!« schreit ein Ork-Eberführer und schwingt sein Schwert gegen einen angreifenden Baum. Die Fichte hebt einen mächtigen Ast und schleudert den Ork zu Boden.

Einer der Ork schreit einem Genossen zu: »Er ist bewußtlos, Thaug! Scrugg ist bewußtlos!«

Die Ork hauen wild um sich, die Bäume stöhnen und schwingen ihre Äste wie wutentbrannte Riesen. Du siehst, wie Ork und Eber und Äste links und rechts auf den schneebedeckten Boden stürzen.

In dem allgemeinen Getümmel scheint man dich vergessen zu haben. Du windest dich langsam aus den Fesseln. Luna flattert dir auf die Schulter, während du den Kampf verfolgst. Zwischen blutigen Ästen liegen Ork auf dem Rücken, Bäume hauen wild um sich, Schwerter fliegen, und du überlegst dir, ob eine Flucht wohl möglich wäre. Zwei Wege stehen zur Wahl:

1) Lauf den Weg entlang zu den Druiden. Lies weiter auf S. 81
2) Versteck dich unter abgebrochenen Ästen, bis die Ork fort sind. Lies weiter auf S. 145

Die Schneewehen türmen sich, der Wind umtost dich kreischend. Weiße Schneetornados jagen dir Eissplitter wie spitze Pfeile ins Gesicht. Du spürst, wie dein Gesicht gefühllos wird.

»Wir können in diesem Schneesturm nicht weiter!« ruft Cornelius. Der Wind trägt seine Stimme zu dir. »Wir müssen einen Unterschlupf finden!«

Aber nirgends ist ein Versteck zu sehen. Der Hirsch müht sich weiter durch den heulenden Sturm und kämpft Schritt für Schritt gegen den Wind. Plötzlich, als du die Hoffnung beinahe schon aufgegeben hast, siehst du durch die wirbelnden Schneeschleier die undeutlichen Umrisse eines Strohdachs.

»Schau! Ich glaube, das ist ein Haus!« ruft Cornelius und beeilt sich, so gut er kann.

Bald ist das Gebäude deutlich sichtbar, ein gemütliches Backsteinhäuschen, aus dessen Kamin Rauch quillt. Du springst von Cornelius ab und hämmerst an die Holztür. Augenblicklich geht sie auf. Vor dir steht ein gutausse-hender, grauer Elf in einer roten Seidenjacke. Er ist bartlos, sein goldenes, nach hinten gekämmtes Haar sehr gepflegt.

»Hurra! Gesellschaft!« ruft er glücklich. Seine violetten Augen tanzen. »Ich liebe Besuch! Und vor allem liebe ich unsichtbaren Besuch! Bitte, kommt herein.« Er verbeugt sich tief und fordert dich mit einer Handbewegung zum Eintreten auf.

Du wechselst mit Cornelius einen prüfenden Blick, aber du bist erschöpft und betäubt von der Kälte, und im Kamin lodert hell ein Feuer. Du trittst vorsichtig ein, weil du eine Falle befürchtest.

»Tee? Eine Tasse heiße Schokolade?« fragt der Elf, während er dir den Umhang abnimmt und ihn an einen Haken bei der Tür hängt.

»Nein, danke«, erwiderst du höflich. Du traust ihm noch nicht ganz.

»Bitte, setz dich.« Er schüttelt eifrig die Kissen in den Kaminsesseln auf. »Keinen Tee? Dann muß ich allein trinken.«

Er tappt in den Hausschuhen aus Wolle zu einem Sessel und setzt sich.

»Ich heiße Fiffergrund«, erklärt er. »Ich lebe allein hier und empfange im Gegensatz zu den meisten Elfen meiner Gattung gerne Besuch. Ich habe viele Talente. Ich kann alles Unsichtbare sehen, geheime Gedanken lesen und schmackhaften Eintopf kochen.«

Er gießt etwas Honig in seine Tasse und dreht einen Kupferring an seiner Hand. Er ist für seinen kleinen, grauen Finger viel zu groß und mit einem großen, gelben Stein verziert.

»Du bist unterwegs zum Magier Krion«, sagt er. »Ich halte das für einen ausgezeichneten Entschluß«, fährt er fort, ohne dein Erstaunen zu beachten.

»Glaubst du, daß er uns hilft, gegen Werzen und die Ork zu kämpfen?« fragst du.

»Ohne Frage. Er ist ein guter und mächtiger Magier. Und ein enger Freund von mir«, fügt er hinzu, während er ein graues Bein über das andere schlägt. »Du hast vielleicht von seiner Armee aus silbernen Pegasuspferden gehört. Sie halfen Krion und mir, als wir den berüchtigten unsichtbaren Drachen von Druglach vor genau einem Jahrhundert töteten.«

Während Fiffergrund erzählt, siehst du dich im Innern seines Häuschens um. Über dem Kamin hängt ein Aquarellbild vom Reich des Ewigen Frühlings. Seine Küche ist makellos sauber, die vielen Kupfertöpfe glänzen. Vor dem Kamin liegt ein dickes, weißes Bärenfell.

»Ich freue mich, daß dir mein Heim gefällt«, sagt der Elf lächelnd. Wieder verblüfft es dich, daß er deine Gedanken gelesen hat.

»Der Ring hilft«, sagt er. »Topas, in Kupfer gefaßt, ein wunderbares Instrument fürs Gedankenlesen.« Er springt auf und zieht den Gürtel fester um seine Seidenjacke. »Ich bestehe darauf, daß ihr beide hier übernachtet und euch ausruht. Der Schneesturm wird morgen früh vorbei sein, und ihr könnt erfrischt auf die Reise gehen.« Du versuchst zu widersprechen, aber er will nichts hören.

»Es ist selbstverständlich. Glaubt mir, ihr macht mir keine Mühe. Ich freue mich sehr, euch hierzuhaben. Kommt, ich zeige euch euer Zimmer.«

Du mußt jetzt entscheiden, ob du diesem Elf trauen willst.

1) Du kannst dich entschließen, ihm zu vertrauen, und über Nacht bleiben. Lies weiter auf S. 102
2) Du kannst entscheiden, daß du ihm nicht traust, und in den Schneesturm hinausgehen, in der Hoffnung, anderswo eine Zuflucht zu finden. Lies weiter auf S. 31

Du umklammerst den eisernen Schürhaken mit beiden Händen und drischst auf die dicken Halme der Lilien ein. Sie sind massiv wie Baumstämme, aber du schlägst mit aller Kraft zu. Ein Halm schwankt, Saft rinnt heraus. Du schlägst weiter zu, bis die Lilie auf einen scharfgezackten Felsen niedersinkt.

Deine Arme sind schlaff und zittern. Wie kannst du Hunderte von Blumen fällen, die dich wie Bäume überragen? Du holst tief Luft und schwingst den Schürhaken über dem Kopf, schlägst wild nach links und rechts, läufst stolpernd weiter, verzweifelt bemüht zu entkommen.

Plötzlich wirst du vom Boden hochgehoben, dein Kopf ist umgeben von glattem, kühlem Weiß. Du wirst in eine Lilienblüte hineingesaugt! Dein Kopf ist erfüllt von süßem, schwerem Duft, bei dem dir übel und schwindlig wird.

Deine Hand erschlafft, der Schürhaken fällt zu Boden. Dein Körper wird in den duftenden Mund der Lilie gesogen. Du spürst, wie du als Ganzes verschluckt wirst, hinab in den dicken, grünen Halm. Du zerläufst in den süßen, starken Duft, schmilzt und zergehst, deine Haut wird so weich und grün wie Blätter und Halm der Pflanze. Du kannst dich nicht mehr wehren. Bald wird die barbarische Pflanze satt und zufrieden sein. Und für dich ist es das . . .

ENDE

»Luna, kannst du mit diesen Bäumen reden?«

»Ich kenne ihre Sprache nicht, aber ich will es versuchen«, sagt sie und landet auf einem schneebedeckten Ast des blutenden Baums. Sie läßt ihr kleines Licht blinken.

»Es tut uns leid, daß wir dir wehgetan haben«, beginnt sie.

Keine Reaktion. Die Erde grollt unter den Wurzeln der Fichten, während sie langsam und bedrohlich auf dich zukommen.

»Wir wollten euch nichts Böses. Wir wollten nur hindurchgehen.« Auf diese Worte hin stößt der verwundete Baum einen langen, zornigen Stöhnlaut aus, so daß Luna von seinem Ast fliegt und auf deiner Schulter landet.

»Es bleibt uns noch eine Möglichkeit, Omina«, sagt sie.

»Warum legst du nicht ein wenig Schnee auf die Wunde? Manchmal vergehen bei Kälte die Schmerzen.«

Luna flattert hinunter und beleuchtet die Verletzung, während du vorsichtig eine Handvoll Schnee auf die Stelle drückst.

»Es tut mir so leid«, sagst du. »Ich hatte keine Ahnung, daß du bluten kannst. Ich wollte dir nicht wehtun.«

Du hörst aus dem Innern des Baumstamms einen tiefen Seufzer der Erleichterung. Alle Bäume bleiben plötzlich stehen.

»Noch mehr Schnee, Omina«, ordnet der Nachtfalter an, ein winziger Arzt mit Flügeln.

Die Kälte scheint dem Baum gutzutun. Bald hört die Blutung auf, die Fichten poltern zurück zu ihren Plätzen im Wald und versenken die Wurzeln im Schneeboden. Der verwundete Baum stößt einen langen, hohlen Schrei aus, und vor deinen Augen senken alle Fichten ihre unteren Äste auf den Boden, um vor dir einen Weg zu bilden.

»Na, vielen Dank!« rufst du und versteckst den Schürhaken unter deinem Umhang. »Das ist sehr freundlich von euch.« Du gehst auf dem Weg aus Fichtennadeln weiter. Lunas kleines Licht flackert vor dir in der Dunkelheit.

Du hast die Fichten kaum hinter dir gelassen, als du eine Weggabelung erreichst. Beide Wege sind gesäumt von dicken, eisverkrusteten Bäumen. Beide schlängeln sich in geheimnisvolle Dunkelheit.

»Welcher ist die Abkürzung, Luna?«

Der Nachtfalter zeigt mit dem Fühler nach links, zögert aber ein wenig.

»Ich spüre freilich etwas Ungewöhnliches an diesem Pfad, Omina. Es ist Gefahr – ich spüre Gefahr.«

»Was für Gefahr, Luna?«

»Um die Wahrheit zu sagen, ich weiß es nicht genau. Können Kobolde sein oder Spinnen – oder auch Vögel, die einen Nachtfalter zum Imbiß verschlingen wollen!«

»Es könnte also gefährlich für dich sein, aber nicht für mich?« fragst du. Luna nickt langsam. »Wie lange dauert es, die Druiden auf dem anderen Weg zu erreichen?«

»Die ganze Nacht und noch länger«, erwidert Luna.

»Und auf dem linken Weg?«

»Nur eine gute Stunde – das heißt, wenn man nicht in Schwierigkeiten gerät.«

»Nimmst du mit mir die Abkürzung, wenn ich dich unter
meinem Umhang verstecke?« fragst du.
»Nein, Omina. Ich habe zuviel Angst. Ich warte lieber
hier, bis du mit dem Pilz zurückkommst, dann machen
wir uns gemeinsam auf die Suche nach Alcazar.«
Du mußt entscheiden, welchen Weg du nehmen willst.
Du kannst entweder

1) allein weitergehen und die linke Abkürzung nehmen.
   Lies weiter auf S. 90
2) oder auf Nummer Sicher gehen und den rechten Weg
   wählen. Lies weiter auf S. 74

Zwei der kleinen Etak ergreifen deine Hände und führen dich in eine Strohhütte. Im Innern ist es schummerig und friedlich; es riecht nach frischer Erde.

»Hier wohnst du«, sagen sie im Chor. »Wir hängen ein Schild mit deinem Namen über die Tür. Das wird dein Zuhause sein.«

Von den Deckenbalken hängen große Töpfe mit rosa- und fuchsroten Blumen, in der Ecke steht ein kleines Bett aus Holz, auf dem sich weiche, rosarote Kissen türmen.

»Du hast sogar deinen eigenen Schreibtisch und unter deinem Bett einen handgewebten Teppich, der in deinem Schlaf wunderschöne Träume hervorbringt.« Die Etak kichern, als deine Augen groß werden, weil du erkannt hast, daß der Teppich aus echten Blumen und Goldfäden besteht.

»Aber ich wollte nicht bleiben . . .«, wendest du ein, verstummst jedoch, als die Gesichter der Etak sich vor Enttäuschung verdüstern. Eines der kleinen Wesen beginnt sogar zu weinen. Das winzige Gesicht sieht ganz elend aus.

»Aber du mußt bleiben, wenigstens für eine Nacht«, sagt ein Etak.

»Du wirst hier so glücklich sein, vollkommen glücklich«, sagt ein zweiter.

»Hm ...«, sagst du und blickst auf die erwartungsvollen Gesichter, während die Halblinge auf deine Antwort warten.

»Ach, bitte, sag ja«, fleht der kleinste Etak, der noch immer winzige runde Tränen weint, als wollte ihm das Herz zerspringen.

Sie warten auf deine Antwort. Du hast nur zwei Möglichkeiten:

1) Erklär dich bereit zu bleiben, mit der Absicht, nur eine Nacht auf Etaknon zu verbringen. Lies weiter auf S. 149

2) Erklär ihnen, daß du nicht bleiben kannst, und geh deines Weges. Lies weiter auf S. 69

Du wirfst den dicken, weißen Umhang über deinen Rock und befestigst die Kapuze. Ich werde viel Schutz brauchen, denkst du. Du ziehst einen lockeren Stein aus der Kaminumrandung und legst ein Versteck frei. Dort liegt Alcazars goldene Pfeife, für einen Notfall wie diesen bereitgelegt. Du erinnerst dich an seine Worte: »In der Pfeife ist ein Zauber, aber nutze ihn klug.«

Du schiebst die Pfeife tief in die Tasche und siehst den eisernen Schürhaken am Kamin liegen. Eine gute, stabile Waffe, denkst du und greifst danach.

Du fühlst dich gut bewaffnet und eilst zur Tür hinaus, um dich auf den Weg zur Burg des bösen Zauberers zu machen. Werzens Winterfluch hat alle Narzissen und Tulpen getötet, die Felder in erstarrte Ödnis verwandelt, und vor dir liegt ein stummes Meer aus Schnee.

Dein erster Halt ist die Brücke mit Dach. Du hoffst, dort Cornelius Silven mit den Fischen im Bach spielen zu sehen. Das war stets sein Lieblingsversteck. Aber nun ist der Bach zugefroren, und du siehst fremdartige Fußabdrücke im Schnee, als sei dort kürzlich ein großes Tier vorbeigekommen. Du untersuchst die Abdrücke, als eine sanfte Stimme hinter dir sagt: »Sie sind von mir, Omina.« Du fährst herum. Vor dir steht ein großer Hirsch!

»Wo ... woher weißt du meinen Namen?« fragst du zögernd und verwirrt. Das Wesen mit dem dichten Fell und dem Geweih wirkt freundlich, sein Körper anmutig; die sanften, grünen Augen sind dicht bewimpert.

»Weil ich Cornelius Silven bin, dein Kater. Omina, es ist etwas Unglaubliches geschehen. Gestern nacht, als ich hier unter der Brücke schlief, kam auf einmal der Winter, und als ich aufwachte, war ich ein Hirsch. Es ist Werzens Fluch, nicht wahr?«

Du betrachtest das Tier argwöhnisch. Es kann sein, daß du mit Cornelius Silven sprichst, aber es könnte auch ein Ork sein, der dich hereinlegen will.

»Wenn du wirklich Cornelius Silven bist, kannst du mir alles über Alcazar und sein Haus sagen, nicht wahr?« fragst du und verschränkst die Arme auf der Brust. Der Hirsch nickt.

»Meine Katze hat sich immer am Kamin zusammengerollt. Sag mir, woraus der Kamin gemacht ist.«

»Aus Steinen von den Krokusfeldern«, erwidert der Hirsch, ohne mit der Wimper zu zucken.

»Und was habe ich gestern nacht im Kessel über dem Feuer gekocht?«

»Kräuterbrühe mit . . . ähm . . . Zitronensaft und Irisblüten, glaube ich.«

Du verbesserst ihn.

»Aniswurzel, keine Iris.«

»Nun sei fair, Omina. Ich kann mich nicht an alles erinnern, was du in deine Suppen tust. Und ich bin wirklich Cornelius Silven. Bitte, vertrau mir«, fleht das Tier und sieht dich mit den waldgrünen Augen von Cornelius an. »Und sag mir, was gestern nacht geschehen ist. Wo ist Alcazar?«

»Gut, ich erzähle es dir«, sagst du, weil du dich jemandem anvertrauen mußt. »Aber ich bin immer noch nicht überzeugt davon, daß du mein Kater bist.«

Der Hirsch hört aufmerksam zu, während du die Einzelheiten der Entführung von Alcazar und von Werzens Fluch berichtest.

»Es bleibt nur eines, Omina. Wir müssen sofort zu Krion, dem Großmagier von Yonbluth. Da Alcazar ihm voriges Jahr geholfen hat, Werzens Eber zurückzuschlagen, wird er uns gewiß helfen.«

»Krion!« entfährt es dir. »Natürlich! Er ist ein enger Freund von Alcazar und genauso mächtig wie Werzen.«

»Wir müssen uns aber beeilen, Omina. Komm, spring auf meinen Rücken. Wir statten Krion einen Besuch ab.«

Du mußt rasch entscheiden, ob du diesem sonderbaren Tier vertrauen willst. Es könnte ein Trick von Werzen sein, um dich zu entführen. Vielleicht ist es aber auch die einzige Chance, Alcazar zu retten.

1) Gehst du mit dem Hirschen, um bei Krion Hilfe zu suchen? Lies weiter auf S. 97
2) Oder beschließt du, dem fremdartigen Tier nicht zu trauen, sondern allein durch die Tundra zu gehen? Lies weiter auf S. 38

»Ich bin euch für eure Gastfreundschaft wirklich dankbar«, sagst du zu den Etak, »aber ich habe einen wichtigen Auftrag zu erfüllen. Ich muß meinen Stiefvater sofort vor dem Zauberer Werzen retten. Alcazar ist sehr krank und könnte bald sterben, wenn ich ihn nicht rette.«

Die Halblinge zwitschern miteinander wie kleine Tropenvögel.

»Könnt ihr mir helfen?« flehst du.

»Leider besitzen wir keine Macht«, sagt der Akelei-Etak. »Aber ThorTak wird deine Geschichte gewiß hören wollen.«

»ThorTak?« fragst du.

»Unser Meister«, erklärt ein Etak, der einen Korb mit roten Orangen trägt.

»Komm mit uns«, sagen die kleinen Halblinge, ergreifen deine Hände und führen dich hinaus.

»Wohin gehen wir?« fragst du.

»Zum Berg Tak, wo ThorTak lebt«, sagen sie. Du folgst ihnen über grüne Hügel und durch blumenübersäte Täler einen sehr hohen Berg hinauf, der mit Obstbäumen bewachsen ist. Je höher du kommst, desto nebliger wird es. Dir wird klar, daß du durch große, weiße Kumuluswolken gehst.

Bald stehst du auf einem Berggipfel, der die Spitze der Welt zu sein scheint. Er ist dicht bewachsen mit üppiger Vegetation, die Bäume sind behangen mit fremdartigen Früchten.

»Hier geht es zu ThorTak«, erklärt ein Etak und zeigt auf einen Pfad aus Blüten, der zwischen den Bäumen hindurchführt. »Folg einfach dem Weg. Er führt geradewegs zu ThorTak. Wir warten hier auf dich.«

Du gehst weiter und stehst bald in einer herrlichen Waldlichtung auf dem Gipfel. Mitten in der Lichtung liegt ein stiller, blauer See. Am Seeufer sitzt ein Mann, ein mächtiger Mann mit rundem Bauch, der seine Füße im Wasser kühlt. Er trägt einen weißen Rehlederrock, der an den Hüften von einer Ranke festgehalten wird. In seine langen, grauen Haare ist eine Krone aus Glockenblumen geflochten.

»Na, steh nicht einfach herum«, sagt der Mann mit freundlicher Stimme. »Komm herein. Fühl dich wie zu Hause.«

»Bist du ThorTak?« fragst du und siehst ihn von oben bis unten an. Auf seinem Finger sitzt ein Kolibri, aber der Vogel flitzt davon, als er deine Stimme hört.

»Das sagt man«, erwidert er und lacht fröhlich. »Thor-Tak, wie er leibt und lebt.« Er streckt dir eine riesengroße Hand entgegen. »Und das ist mein Haus. Ich habe die Sterne und Wolken als Dach, die Erde als Boden und keine Wände, die den Blick verstellen. Also, was kann ich für dich tun, Kleines?«

»Ich komme aus dem Reich des Ewigen Frühlings...«, beginnst du.

»Das weiß ich alles, Omina«, unterbricht er und winkt ab. »Sag mir nur, was du von mir willst.«

»Ich bin gekommen, um dich beim Kampf gegen Werzen und zur Rettung von Alcazar um Hilfe zu bitten«, sagst du rundheraus.

»Die Chancen stehen schlecht«, sagt er und steckt eine Beere in den Mund. »Da, möchtest du auch?« Er hält dir ein Blatt hin, das mit großen, dunkelroten Beeren gefüllt ist. Du hast Hunger und greifst nach einer Beere.

»Die Chancen stehen sogar so schlecht, daß für jemand wie dich fast keine Aussicht besteht«, fährt er fort. »Werzen ist kein Schwächling, weißt du.«

»Das weiß ich, ThorTak. Ich muß es aber trotzdem versuchen. Ich muß Alcazar retten.«

ThorTak legt das Blatt mit den Beeren auf den Boden und sieht dir in die Augen.

»Nun sag mir, mein Liebling, wie kann ein Magier so wichtig sein?«

»Weil er mein Stiefvater ist«, antwortest du, ohne mit der Wimper zu zucken. »Weil ich ihn liebe.«

»Genau! Weil du ihn liebst!« ruft er und springt auf wie ein großer Elefant. »Jawohl, genau das ist es! Nun komm her«, sagt er und legt wie ein Polarbär den muskelstarken Arm um dich. »Ich will dir etwas erzählen. Ich werde dir geben, was du brauchst, um diesen Teufel Werzen zu bekämpfen. Ich werde dafür sorgen, daß seiner bösen Macht Einhalt geboten wird, aber die Methode, die wir verwenden, wird von dir abhängen.«

»Du meinst, ich habe die Wahl?« fragst du.

»Natürlich hast du die Wahl. Aber ich warne dich gleich. Du mußt die Folgen tragen, wenn du die falsche Entscheidung triffst. Ich halte viel von Lektionen, und wir werden sehen, wie rasch du lernst, mein Kleines.«

ThorTak führt dich auf die andere Seite des stillen Sees. »Siehst du die Burg dort?« fragt er und deutet durch die Wolken zu der Klippe am Festland.

»Das ist Werzens Burg«, sagst du.

»Richtig«, sagt ThorTak. »Zu jeder vollen Stunde geht der Winterzauberer auf sein Dach hinaus, um seine Armee zu besichtigen. Wenn er wieder seinen Spaziergang macht, wird es das letztemal sein.«

Dein Herz hüpft. Du bist zum richtigen Ort um Hilfe gekommen.

»Du mußt eine Entscheidung treffen«, fährt ThorTak fort. »Wenn du eine ganz friedliche Angriffsmethode nutzen willst, werden wir es so machen. Sie wird wirksam sein, aber ruhig und angenehm verlaufen.

Wenn du willst, können wir ihn aber auch mit seinen eigenen grausamen Methoden schlagen. Es wird Donner und Blitz und ein gewaltsames Ende geben. Was meinst du?«

Dein Kopf ist voller Gedanken an die schreckliche Entführung, an Werzen, der deinen Stiefvater in der Eishöhle erfrieren läßt. Und doch hast du Alcazar niemals Zuflucht zur Gewalt nehmen sehen . . .

»Wozu entschließt du dich?« fragt ThorTak.

Du mußt entscheiden, ob du Werzen leiden sehen oder ihn lautlos besiegen willst.

1) Wählst du den gewaltsamen Zauber? Lies weiter auf S. 85

2) Oder willst du den friedlichen Weg wählen? Lies weiter auf S. 113

Eine Nacht und einen Tag lang geht es auf dem dunklen, gewundenen Pfad dahin, zwischen verschneiten Fichten und erstarrten Eichen und Tulpenbäumen, bevor du eine Waldlichtung erreichst.

»Was für eine großartige Führerin du bist, Luna!« rufst du. »Wir haben die Druiden gefunden.«

Luna steckt den Kopf aus deiner Rocktasche und guckt hin und her. Sie hört den fremdartigen Gesang und das Gemurmel in der Lichtung. Du siehst einen Kreis von Kapuzengestalten, die sich um ein loderndes Feuer versammelt haben. Ihre braunen Kutten reichen bis zum Boden hinab.

»Ich getraue mich nicht hinzugehen, Luna«, flüsterst du. »Aber wir müssen, Omina. Ich bin sicher, sie verstehen, wie wichtig deine Bitte ist.«

Während du zum Feuer schleichst, verstummt das Gemurmel allmählich, und der Reihe nach drehen sich die tief in den braunen Kapuzen liegenden Gesichter dir zu. Eine hochgewachsene, stumme Gestalt tritt aus dem Druidenkreis.

»Erklär dich«, fordert die Gestalt leise.

»Ich bin Omina, Stiefkind des Magiers vom Ewigen Frühling«, antwortest du. »Ich bin gekommen, um eure Hilfe dabei zu erbitten, den Magier von seiner schweren Krankheit zu befreien.«

»Sprich weiter.«

»Nur der Pilz der Blutroten Flamme kann ihn wieder gesund machen, und wir bitten um eure Hilfe bei der Suche danach.«

Die Kapuzengestalt nickt langsam, dann dreht sie sich nach einem der anderen Druiden um. »Aspirant, fahrt fort mit dem Ritual. Ich werde bald in den Ring zurückkehren.«

»Ja, Meister«, erwidert der andere mit einer Verbeugung, und der Gesang beginnt von neuem. Der Priester hebt seinen Stab und winkt dir, ihm zu folgen.

Er geht ruhig mit langen Schritten, zieht durch den Wald wie ein Tier, das jeden Baum und jeden Strauch am Weg kennt. Du eilst ihm nach und brauchst für jeden seiner Schritte zwei, vorbei an Dorngebüsch und Spinnenwurz, bis du endlich vor einem Hain von Zedrachbäumen stehst, deren dunkelrote Blüten in der Kälte erstarrt sind.

»Der Ort der Blutroten Flamme«, sagt der Priester. »Schweig, bitte.«

Er hebt seinen Stab hoch in die Luft, schließt seine Augen und murmelt fremdartige Wörter. Plötzlich vibriert sein Stab mit einem zarten Ton. Der Meister bückt sich und zieht einen grellroten, runden glänzenden Pilz aus dem Dickicht unter den Zedrachbäumen hervor.

»Danke. Oh, vielen Dank«, rufst du, wickelst die Blut-rote Flamme in eine Handvoll Moos und steckst sie in deine Tasche.

»Ich weiß, du hast es sehr eilig, den Pilz zu übergeben«, sagt der Druide aus den Tiefen seiner Kapuze. »Ich kann dich schnell an dein Ziel bringen. Ich besitze ein Einhorn, das schnell ist wie das Licht. Es wird dich direkt zu deinem Ziel befördern. Wir müssen zur Lichtung zurück, um es aufzuzäumen.

Wenn du aber die Gefahr auf dich nehmen willst, ver-setze ich dich durch diesen Riesen-Zedrachbaum hier augenblicklich hin. Du kommst im Innern eines ähnli-chen Baums in der Nähe deines Zieles an. Ich kann den genauen Ort des Zielbaumes nicht garantieren. Das ist das Risiko dabei.«

Welche Möglichkeit ziehst du vor?

1) Wenn du zum Druidenhain zurückkehren und das Einhorn nehmen möchtest, lies weiter auf S. 49
2) Wenn du über den Zauberbaum sofort weitermöch-test, lies weiter auf S. 122

»Alcazar braucht dringend ein Heilmittel«, sagst du.
»Können Sie ihm wirklich helfen?«

»Allerdings kann ich das. Kommen wir zur Sache«, sagt Fred, zieht viele kleine Fläschchen aus dem Ärmel und stellt sie im Schnee auf. Die Flaschen schimmern in exotischen Farben: Magentakristalle, Indigoblätter, Pulver in Azurblau und Scharlachrot und Chartreuse-Grün. »Zum Henker!« ruft Fred und durchsucht betroffen seine Ärmel. »Wo ist mein Buch? Du hast nicht zufällig ein Exemplar von *Der vollendete Alchimist* bei dir, wie? Ich scheine das meine verlegt zu haben.«

»Könnte es das hier sein?« fragst du und hebst ein zerlesenes Buch vom Schnee auf.

»Woher hast du das, du kleine Kröte?« fährt dich der Alchimist an und reißt es dir aus der Hand. »Seit wann stehen dem einfachen Volk technische Handbücher zu?«

»Es ist Ihr Buch, Sir, nicht das meine. Und bitte, nennen Sie mich nicht kleine Kröte. Können wir jetzt, bitte, über das Heilmittel sprechen? Es ist für Alcazar. Er hatte Fieber, war bleich und lag den ganzen Monat zu Bett, und er hat seine Zauberkräfte verloren.«

»Hmmmmm«, murmelt Fred versonnen, während er die zersprungene Brille abnimmt und sie mit einer kristallenen Lösung reinigt. Plötzlich löst sich eines der Gläser in seiner Hand zu einem Pfützchen auf. »Verflixt! Warum nehme ich Unsichtbarkeitslösung, um meine Brille zu putzen? Ich glaube, mein Gehirn friert in dieser Kälte ein! Ich kann einfach nicht klar denken!«

»Bitte, Mr. Arglut ... Fred ... bitte, hören Sie zu!«

»Gewiß. Versteht sich«, sagt er und kneift die Augen hinter dem Brillenrahmen zusammen. »Das könnte teuer werden. Das Heilmittel, meine ich. Ich habe sicher seit zwei- oder dreihundert Jahren keinen kranken Magier mehr behandelt.« Er blättert in seinem Handbuch. »Aha! ... Oho! ... Ah, da haben wir's!«

Hurtig wie ein Kaninchen springt der Alchimist auf und beginnt Violett mit Rosa, Scharlachrot mit Buttergelb zu mischen. Seine Hände fliegen, während er öffnet, eingießt, zuklappt, mahlt, mischt und rührt, bis er dir endlich in einem winzigen Fläschchen eine Lösung reicht. Die Flüssigkeit hat die Farbe hellen Saphirs und glitzert wie tausend Juwelen.

»Wunderschön!« rufst du. »Aber wird sie auch wirken?«

»Ich kann keine Lüge aussprechen«, erklärt Fred feierlich, zieht den dunkelroten Hut und drückt ihn auf sein Herz. »Ich habe diesen Trank geradewegs aus meinem Buch. Da ich mit diesem speziellen Problem bisher noch nie zu tun hatte und dir keine Garantie geben kann, verlange ich zehn Prozent weniger als die übliche Gebühr.«

»Woher wissen Sie, daß sie Alcazar heilen wird, wenn Sie das vorher noch nie gemacht haben?«

»Es gibt nur einen Weg, dir zu beweisen, daß sie wirkt. Versuch sie selbst.«

»Ich? Hier?«

»Warum nicht? Nur ein Schlückchen. Wenn du dich nicht großartig fühlst, versuchen wir es mit einer anderen – wofür ich natürlich die volle Gebühr verlange.«

Du blickst von der blauen Lösung zu Cornelius Silven und wieder auf die Flasche, ungewiß, ob du es wagen kannst, diese seltsame, schöne Flüssigkeit zu trinken.

»Das ist deine Entscheidung«, sagt Cornelius.

Du hast offenkundig zwei Möglichkeiten:

1) Du kannst das Heilmittel probieren. Lies weiter auf S. 95

2) Du kannst dem Alchimisten für sein Angebot danken, dich aber weigern, das Mittel zu probieren, und deinen Weg fortsetzen. Lies weiter auf S. 43

»Nichts wie weg hier, Luna«, flüsterst du, drehst dich blitzschnell um und stürmst zwischen den Bäumen hindurch. Unter deinen Füßen knacken zerbrochene Zweige.

»Das Kind entkommt!« brüllt ein Ork hinter dir, und bis du dich umsiehst, haben sich drei der Kerle auf dich gestürzt. Sie binden dich wieder und ziehen die Fesseln so straff, daß sie wehtun.

»Au!« schreist du. »Ihr tut mir weh!«

»Ist das nicht schlimm, Gorff?« höhnt ein Ork. »Die zarten kleinen Handgelenke schmerzen!«

»Du hast noch keine Ahnung von Schmerzen«, schnaubt ein anderer und zerrt dich zum Kampfplatz zurück.

Du siehst, daß die Fichten müde werden. Ihre Äste hängen schlaff und schwer, ihr Stöhnen ist leiser geworden. Der Anführer-Baum senkt die Äste auf den Boden, und die anderen tun es ihm nach, um einen Fluchtweg für die Ork zu bilden.

»Sie haben sich ergeben, Thaug«, sagt einer der Eberführer. Nur noch fünf Ork und ein paar Eber sind übrig.

»Nehmt das Kind, dann gehen wir«, ruft Thaug und besteigt seinen Eber.

Die anderen Ork folgen ihm. Die Eber stürmen den Pfad entlang.

»He, ist das der richtige Weg?« fragt Gorff plötzlich.

»Ich weiß nicht«, erwidert ein anderer. »Scrugg ist bewußtlos. Er wüßte, wie wir zur Burg zurückkommen.«

»Seht euch das Moos an den Bäumen an«, sagt Thaug. »Es verrät uns, in welche Richtung wir reiten. Komm her, Falter. Leuchte den Baum an.«

Luna flattert zu Thaug hinüber. Ihre Augen wirken sorgenvoll.

»Natürlich. Das ist die falsche Richtung. Die vermaledeiten Fichten haben uns in die falsche Richtung geschickt!« schimpft er. »Das Moos wächst an der Nordseite der Bäume, nicht?«

»Nein!« ruft Luna. Ihre Stimme klingt ungewöhnlich laut. »Wißt ihr nicht, daß das Moos im Verbotenen Wald auf der südlichen Seite wächst? So ist das immer schon.«

»Ich wußte gar nicht . . .«, sagst du, verstummst aber, weil Luna dir einen warnenden Blick zuwirft.

»Aber ihr Eberführer wißt das natürlich selbst sehr gut«, fügt Luna hinzu.

»Sie hat recht«, sagt Thaug. »Ich glaube, Scrugg hat uns das einmal erzählt.«

»Wie du meinst«, knurrt ein anderer Ork, und sie setzen sich wieder in Bewegung.

Ihr reitet durch Gelände, das dir bekannt vorkommt, bis ihr eine mit Netzen umspannte Hütte erreicht, die auf Baumstämmen steht.

Luna huscht zu deinem Ohr und flüstert: »Siehst du? Das ist die Hütte von Professor Quince. Jetzt haben wir Aussicht zu entkommen.«

»Los, Männer«, befiehlt Thaug. »Sehen wir uns das Innere an.«

Zwei seiner Leute stürzen mit erhobenen Spießen in die Hütte.

»Hier ist der Zutritt für Unbefugte verboten!« hörst du Professor Quince schimpfen. »Also, hinaus mit euch! Das ist mein Laboratorium. Hinaus!«

»Der Alte glaubt, er kann uns herumkommandieren, Gorff«, zischt Thaug.

»Na, ich denke, wir können ihm dies oder jenes zeigen, nicht?«

»Hinaus mit euch Halunken!« ruft der Professor. »Und laßt die Spieße sinken!«

Du hörst Füße scharren, Glas zersplittern, dann brüllt Erasmus Quince: »Meine Schmetterlinge! Das könnt ihr mit meinen Schmetterlingen nicht machen, ihr Idioten! Ich lege eure Schädel in Spiritus, wenn ihr nicht sofort aufhört!«

»Das siehst du ganz falsch, Alter«, knurrt Thaug. »Dein Kopf ist es, der gleich rollen wird!«

Die Ork im Freien reiben sich in der Vorfreude auf ein Gemetzel die Hände. Luna, die auf deiner Schulter sitzt, wird unruhig.

»Omina, wir müssen Professor Quince helfen. Wir dürfen einfach nicht zulassen, daß sie ihn umbringen.«

»Aber er würde uns im Notfall auch nicht beispringen, Luna«, antwortest du. »Ich sehe nicht ein, warum wir unser Leben aufs Spiel setzen sollen.«

»Egal, wie gemein er zu mir gewesen ist, Omina, sein Leben ist in Gefahr, und wir müssen ihm helfen.«

»Wir müssen zuerst an uns denken, Luna. Ich meine, wir sollten uns in die Hütte schleichen und die goldene Pfeife aus seiner Schublade holen. Vielleicht kommen wir dann von hier an einen sicheren Ort.«

Die Ork vor der Hütte können nicht mehr an sich halten. Sie stürzen hinein, um sich am Kampf zu beteiligen, und du mußt schnell entscheiden. Du kannst

1) versuchen, die goldene Pfeife an dich zu bringen. Lies weiter auf S. 39
2) Professor Quince zu Hilfe kommen. Lies weiter auf S. 47

»Er hat Alcazar so schrecklich leiden lassen. Ich möchte ihm das heimzahlen«, sagst du. »Er soll gewaltsam bestraft werden.«

ThorTaks Blick verdüstert sich, und du erkennst, daß ihn deine Entscheidung nicht glücklich macht. Er schüttelt ein wenig den Kopf.

»Ich erfülle dir den Wunsch, mein Kleines«, sagt er. Er schnippt mit den Fingern. Sein Kolibri summt heran und setzt sich auf seine Hand. »Hol meine Etak«, befiehlt er, und der Kolibri fliegt davon.

Nach ganz kurzer Zeit drängt sich ein halbes Hundert Halblinge um ThorTak.

»Wir werden Alcazar retten«, erklärt er der Schar. »Ihr werdet eine mächtige Explosion hören, fernen Donner, und wenn alles wieder still ist, werdet ihr den Magier des Frühlings aus der Eishöhle durch den unterirdischen Tunnel und direkt zu meinem Haus führen«, ordnet er an.

»Ja, ThorTak«, erwidern die Etak im Chor. »Das tun wir.«

»Für euch besteht keine Gefahr«, teilt er ihnen mit. »Geht jetzt.« Die kleinen, braunhäutigen Etak verschwinden.

Du stehst neben ThorTak und wartest darauf, daß Werzen auf sein Dach hinaustritt. Im selben Augenblick, als er erscheint, seufzt ThorTak tief, und du spürst, wie sich in seinem mächtigen Körper Energie anstaut. Es hat den Anschein, als würde er vor deinen Augen immer größer werden.

Plötzlich streckt er die Arme in Richtung Dach aus, und auf magische Weise zucken vier glühende Meteore in Rot und Gelb und Grün und Blau aus seinen Fingerspitzen und schießen in den Himmel. Sie fegen über das Wasser hinweg und hinterlassen einen gleißend bunten Funkenbogen.

Im nächsten Augenblick erreichen die Funken den Winterzauberer und umschließen seinen Körper, bevor Werzen sich wehren kann – WUMM! Es gibt eine entsetzliche Explosion. Die Meteore flammen in blendender Helligkeit auf, Farben sprühen in alle Richtungen. Du hörst den Zauberer vor Qual aufheulen und preßt zitternd deine Hände auf die Ohren, um den Schrei nicht hören zu müssen.

Als du die Augen öffnest, sind die Funken erloschen. Werzen ist spurlos verschwunden.

ThorTak stößt einen langen, müden Seufzer aus und wendet sich dir zu.

»Da hast du es, mein Kleines. Werzen ist dahin, ein Opfer schrecklicher und ungeheurer Gewalt. Wie fühlst du dich?«

»Ein bißchen durcheinander«, erwiderst du, »aber glücklich darüber, daß er fort ist.«

»Meine Etak bringen Alcazar hierher«, sagt er leise. »Er ist geheilt, und in euer Reich kehrt schon der Frühling zurück.« ThorTak legt eine große Hand auf deine schmale Schulter. »Und nun hast du eine Lektion zu lernen, Kleines.«

Plötzlich wird dir angst. Du kommst dir neben dem riesenhaften, mächtigen Wesen sehr klein vor.

»Wir auf Etaknon haben eine Verpflichtung. Wir sind dem Frieden verpflichtet. Ich habe meine Macht auf gewaltsame Weise gebraucht, weil du es so wolltest. Wir hätten aber auch friedlich vorgehen können. Zur Gewalt greifen wir nur dann, wenn es unbedingt nötig ist.«

»Was wirst du mit mir tun?« fragst du.

»Ich werde dir nichts tun, das verspreche ich. Aber du mußt, während du hier bist, den Weg des Friedens lernen. Alcazar wird sofort nach Hause zurückkehren, aber du, mein Kleines, bleibst hier auf Etaknon, bis du verstanden hast, was Frieden und Sanftmut bedeuten, bis du begreifst, daß Gewalt nicht das richtige Mittel gegen Gewalt ist. Die Macht des Friedens ist riesengroß.«

»Aber wie lange wird das dauern?« fragst du, den Tränen nah. »Wie lange muß ich hierbleiben?«

»Das hängt von dir ab. Es dauert so lange, bis du die Lektion gelernt hast. Vielleicht einen Tag, vielleicht ein ganzes Leben. Es kommt auf dich an.«

»Aber das heißt, daß ich Alcazar vielleicht niemals wiedersehe!« rufst du aus.

»Mag sein. Aber unter uns beiden, mein Kleines: Ich glaube nicht, daß du lange brauchen wirst. Ich möchte meinen, daß du sehr rasch lernst, nicht wahr?«

Du nickst.

»Ja. Ich hoffe es wenigstens. Ich möchte schnell lernen.«
»Und die Lektion wird ein Leben lang anhalten«, sagt
ThorTak und nimmt deine Hände in die seinen. »Geh
jetzt zu deiner Hütte. Du weißt, wo sie steht. Die Etak
werden sich bald einfinden, um mit den Lektionen zu
beginnen.«
»Ja, ThorTak«, sagst du. Du weißt, daß du die Verant-
wortung dafür tragen mußt, wie du dich entschieden hast.
Du gehst zwischen den Obstbäumen auf dem Blütenblät-
terpfad den Tak-Berg hinunter ins Tal, deiner kleinen
Hütte am Meer entgegen.

ENDE

»Ich nehme die Abkürzung, Luna«, erklärst du. »Ich muß es wagen. Ich will den Pilz finden, bevor Alcazar erfriert.«

»Ich warte hier, solange ich kann, Omina«, sagt der Nachtfalter fröstelnd. »Aber beeil dich – meine Schwingen sind schon vom Reif erfaßt.«

Du gehst durch den Wald. Das gefrorene Laub knackt unter deinen Füßen. Der Wald ist feucht und dunkel. Unheimliches Geschrei und Gezischel verrät dir, daß du nicht allein bist. Irgendwo lauern unsichtbare Geister. Du spürst etwas hinter dir, drehst blitzschnell den Kopf nach hinten und siehst – nichts. Nichts als Bäume und Ranken und . . .

»Was für ein hübsches Pastetchen«, krächzt dir eine Stimme ins Ohr. »Und ganz allein im großen Wald.«

Du fährst herum, die Hand am Schürhaken. Vor dir steht eine alte Frau. Ihr Gesicht ist so runzlig wie ein vertrockneter Pilz. Sie trägt Schleier und Gewand aus schwarzem Leinen, ihre Augen sind gelb vor Alter.

»Ich bin Madame Wurzelkraut. Möchtest du einen von meinen Pilzen?« Sie humpelt zu einem Baumstumpf und stellt ihren Tragsack ab. Große und kleine Pilze purzeln auf den gefrorenen Boden.

»Der hier«, krächzt sie und nimmt einen weichen, orangeroten Pilz zwischen ihre Fingernägel, »der hier verleiht dir Reichtum, großen Reichtum. Ein einziger Biß, und du bist reicher als ein König.«

Du beobachtest sie stumm, die Hand am eisernen Schürhaken.

»Aha! Du hast es nicht auf Reichtümer abgesehen? Dann wünschst du dir Macht.« Sie kramt in ihrem Sack und hält dir schließlich einen knolligen, grünen Pilz hin.

»Da, versuch den«, sagt sie. »Er verleiht dir alles an Macht, was du dir je gewünscht hast. Du kannst es allen deinen Feinden heimzahlen und sie zwingen, auf die Knie zu fallen und dich um Vergebung zu bitten.« Sie kichert schrill, den Mund weit aufgerissen. Ihre Zähne sind schwarze Stummel.

»Du bist eine Hexe, nicht wahr?« fragst du kühn. »Ich habe noch nie eine Hexe getroffen.«

»Ah, für ein so junges Ding bist du aufgeweckt«, sagt sie und zwickt dich mit ihren Runzelfingern in die Wange. Du weichst zurück. Ihre Berührung ist dir unangenehm. »Ja, ich bin eine Hexe, aber nicht die übliche böse Hexe. Ich, mein Bonbon, bin eine gute Hexe, die Hüterin der drei Geheimnisse, die Glück bedeuten – Reichtum, Gesundheit und Macht.«

Du kneifst ungläubig die Augen zusammen.

»Ach, ich weiß, dieses alte Gesicht kann täuschen, aber ich sag dir die Wahrheit. Meine Pilze bergen mächtige Kräfte. Paß auf!« drängt sie und zielt mit ihrem krummen Finger. Aus dem Nichts taucht ein Stuhl auf. »Setz dich, mein Pudding. Ich habe dir etwas Magisches und Wunderschönes zu zeigen.«

Sie nagt an einem roten Pilz mit Haaren.

»Der Schlüssel zur Schönheit«, sagt sie, und im nächsten Augenblick dreht sie sich im Kreis. Schürzen, Röcke und Ärmel fliegen. Sie dreht sich immer schneller, bis sie nur noch ein schwarzer, rotierender Schatten ist. Huuui! Schlagartig kommt sie zum Stillstand, und an ihrer Stelle bietet sich ein höchst ungewöhnlicher Anblick.

Eine schlanke Frau mit Haar wie Sonnenstrahlen, Augen wie Saphiren und milchweißer Haut steht vor dir.

»Siehst du?« säuselt sie mit zarter Stimme. »Meine Diamanten sind aus den Ardischen Höhlen. Mein Gold wird in den Tiefen der Slove-Berge geschürft, und ich trage Parfüm von Gressia. Meine Schönheit kann mir alles auf der Welt beschaffen.«

»Das besagt nichts«, gibst du zurück. »Schönheit ist nicht der Schlüssel des Lebens, so wenig wie Reichtum oder Macht. Alcazar hat mich gelehrt . . .«

»Ich weiß, was du sagen willst«, unterbricht dich Madame Wurzelkraut, während sie ihre Armbänder ordnet. »Daß Liebe und Güte die Geheimnisse des Glücks sind.«

»So ist es!«

Die Hexe schüttelt den blonden Kopf und lächelt.

»Armer Alcazar. Sich dir an, wohin Güte ihn gebracht hat – mit freiem Eintritt in Werzens Eishöhle!«

»Woher weißt du das?« fährst du sie an.

»Wir guten Hexen wissen vieles. Ich weiß jedenfalls, daß du nicht wie ein Stück Fleisch am Haken neben deinem Stiefvater hängen willst. Mach Werzen zu deinem Sklaven. Laß ihn für seine Grausamkeit bezahlen«, sagt sie, greift nach einem grünen Knollenpilz und hält ihn dir unter die Nase.

»Iß diesen Pilz der Macht, mein Sahnetörtchen, und die ganze Welt liegt dir zu Füßen.«

Du hast zwei Möglichkeiten:

1) Beiß ein Stück ab in der Hoffnung, daß dir der Pilz Macht über Werzen verleiht. Lies weiter auf S. 119
2) Lauf vor der Hexe davon und such Luna. Lies weiter auf S. 11

»Nun, ich könnte sie ja ausprobieren, um nicht Gefahr zu laufen, daß Alcazar durch die falsche Medizin geschädigt wird.« Du öffnest das Fläschchen vorsichtig. Cornelius und du schütten je einen kleinen Tropfen auf die Zunge.

»Au! Das brennt!« schreist du und springst im Schnee auf und ab.

»Nein, nein, nein! Dem Buch zufolge brennt es nicht!« sagt Fred hastig. »Hier auf Seite elfhundert steht es ganz deutlich: *Sehr lindernd für den Gaumen.*«

»Das Buch irrt sich! Es brennt! Und da, schau!« fährst du ihn an. »Meine Haut wird ganz hart und braun!«

Plötzlich scheint ringsum alles größer zu werden.

»Du schrumpfst!« ruft Cornelius.

»Du schrumpfst auch!« kreischst du.

»Und ihr verwandelt euch in ... o je!« Freds Stimme schwankt. »Ich habe kein Gegenmittel! Ich bin machtlos. Ihr verwandelt euch beide in abscheuliche, kleine dunkelbraune Küchenschaben!«

»Hilfe, Sie Schwindler!« schreist du und wedelst heftig mit den Fühlern. »Tun Sie etwas! Verwandeln Sie uns wieder zurück!«

»Es tut mir schrecklich leid, aber ich fürchte, ich kann nichts tun. Das ist das vermaledeite Buch, sage ich dir. Man hält es nie auf dem neuesten Stand«, klagt er und stopft hastig die kleinen Flaschen in seine Ärmel. »Verflixt und zugenäht! Bitte, nehmt das tiefempfundene Bedauern von Glutias T. Argonimas zur Kenntnis. Und ihr könnt sicher sein, daß ich dem Herausgeber einen bösen Brief schreibe!«

Damit verschwindet er in einer rosaroten Rauchwolke.

»Hol dich der *Henker*!« schreist du, während du davon-
krabbelst, um ein sicheres Versteck zu finden, gefolgt
von Cornelius.

Während du dich unter einen Stein zwängst, erkennst du
die völlige Aussichtslosigkeit der Lage. Es ist unzweifel-
haft das . . .

ENDE

Du springst auf Cornelius' Rücken, schlingst die Arme um seinen weichen Hals, und dein Reittier galoppiert nach Nordosten zum Königreich Yonbluth. Du kuschelst dein Gesicht in sein Fell, um es vor dem bitterkalten, schneidenden Wind zu schützen.

Ihr seid kaum am Berg von Schön-William vorbeigekommen, als – PLUFF! – ein abgestorbener Baum rechts von dir in einer Wolke rosaroten Rauchs verschwindet. Cornelius stemmt sich mit den Hufen ein und kommt zum Stehen.

»Och! Ähem! Uh!« Ein sonderbarer kleiner Mann in einem dunkelroten Gewand hustet und wedelt mit den Händen, um den Rauch zu vertreiben. Sein breitkrempiger Hut ist so groß, daß er ihm in die Augen rutscht. »Verflixter Hut! Wenn ich zurückkomme, muß ich mit meinem Hutmacher reden«, klagt er und schiebt den Hut ins Genick. »Wie oft muß ich ihm noch sagen, daß er die Hüte stutzen und die Gewänder füttern soll? Das Futter hier ist viel zu dünn!« Der kleine Mann schaudert. »Ich *erfriere*!«

Cornelius geht einige Schritte zurück, und du reibst dir die Augen, um in dem rosigen Rauch, der sich langsam verzieht, etwas zu erkennen. Der sonderbare kleine Mann hebt eine zerbrochene Brille vom Schnee auf und setzt sie auf die Nase. Er sieht aus wie eine kurzsichtige Dörrpflaume, denkst du.

»Zum Henker!« murrt er. »Wohin ich auch gehe, stoße ich auf Menschenmengen. Kann ein Alchimist nicht ein wenig Ruhe und Frieden erwarten? Wer seid ihr überhaupt?«

»Ich . . . ich bin Omina«, erwiderst du. »Und das ist meine Katze Cornelius Silven.«

»Katze? Katze, sagst du?« Der Alchimist sieht dich an, als wenn du wahnsinnig wärst. »Was für ein Reich ist das, wo Katzen wie Hirsche aussehen?« Er schüttelt fassungslos den Kopf.

»Na ja, eigentlich *war* Cornelius meine Katze«, versuchst du zu erklären, »aber der Winterzauberer hat ihn gestern nacht in einen Hirschen verwandelt. Und um Ihre andere Frage zu beantworten: Sie sind jetzt im Reich des Ewigen Frühlings.«

»Frühling?« sagt er angewidert. »Frühling? Warum schnattere ich dann vor Kälte? Mir kommt es eher wie tiefster Winter vor!«

»Das kommt von dem Fluch. Sehen Sie, hier hat Frühling geherrscht, solange ich denken kann. Aber mein Stiefvater, der Magier Alcazar, wurde krank und verlor seine Kräfte, und . . .« Du erkennst, daß der Alchimist kein Wort versteht. Du beschließt, mit deiner Geschichte aufzuhören, bevor sie noch verworrener und unverständlicher wird. »Lassen wir's gut sein«, fährst du fort. »Sagen Sie uns lieber, wer *Sie* sind. Und wie sind Sie hergekommen? Und was hatte dieser Rauch zu bedeuten?«

»Ich, meine junge Taube, bin der einmalige Glutias T. Argonimas, Groß-Alchimist, Berater von jung und alt, groß und klein.« Er zieht den Hut und verbeugt sich mit großer Gebärde. Dabei legt er einen Kahlkopf frei, der wie eine Kristallkugel glänzt. »Wie kann ich zu Diensten sein?«

»Tja, ich weiß nicht recht, Mr. Arglut ... Arglon ...«
Er winkt gereizt ab.

»Nenn mich einfach Fred. Das genügt.«

»Nun, Mister Fred, was können Sie denn?«

»Alles. Einfach alles. Ich heile die Kranken, mache die
Gesunden krank, die Dünnen dick, bringe Freude den
Bedrückten. Ich kann alle Zaubertränke herstellen, die
man braucht. Ich kann alle Probleme lösen. Äh – ihr habt
doch ein Problem, oder?« fragt er eifrig.

»Allerdings. Aber woher wissen Sie, daß Sie es lösen
können?«

»Du beleidigst mich, meine kleine Nachtigall«, jammert
er und preßt die faltigen Hände auf die Brust. »Ich bin
verletzt – zutiefst getroffen.« Er greift in die Brusttasche,
zieht ein vergilbtes Blatt Papier heraus und wedelt damit
herum. »*Schule der Alchimie, Königreich Urk*«, liest er
vor und steckt das Blatt wieder ein. »Wenn ihr meiner
Dienste bedürftig seid, müßt ihr euch freilich beeilen. Ich
werde in Kürze verschwinden, bevor ich mir den Tod
hole von – HAAT-SCHII!«

»Gesundheit!« sagt Cornelius und sieht zu, als der Alchimist sich lautstark in ein riesiges rotes Taschentuch
schneuzt.

»Drücken wir es so aus, Fred«, sagst du sachlich. »Ich
brauche ein Heilmittel für jemanden, der sehr krank,
aber auch sehr weit fort ist. Was würden Sie empfehlen?«

»Einfacher geht es nicht, mein Täubchen!« erwidert der Alchimist und schiebt das Taschentuch unter den Hut. »Ich kann – PFFH! – einen Zaubertrank mischen, der Reisen jeder Entfernung übersteht. Oder wir können – PFHH! – verschwinden und im Zimmer des Patienten wieder auftauchen, damit ich ihn mir ansehen kann. Aber ich muß beides – PFHH! – rasch machen, bevor alle meine Kräuter gefrieren . . .«

Du siehst dir den kleinen Mann an, während deine Gedanken sich überschlagen. Du hast offenbar drei Möglichkeiten:

1) Du kannst den Alchimisten bitten, für dich einen Zaubertrank zu brauen und ihn direkt zu Werzens Burg zu bringen. Lies weiter auf S. 77

2) Du kannst den Alchimisten bitten, daß er dich verschwinden und zusammen mit Cornelius in der Eishöhle wieder auftauchen läßt. Lies weiter auf S. 35

3) Oder du kannst dem Alchimisten für sein Angebot danken, seine Dienste aber ablehnen. Lies weiter auf S. 43

Der Sturm schleudert Hagelkörner von Walnußgröße an das Fenster, der Wind peitscht und heult um Fiffergrunds Kamin. Du bist todmüde und weißt, daß du eine ganze Nacht im Freien bei diesem Wetter nicht überstehen kannst.

»Ausgezeichnet!« sagt Fiffergrund laut, während er zwei dicke Steppdecken aus einer Zedernholztruhe zieht. »Ich wußte, ihr bleibt.«

Er bezieht für dich einen Strohsack mit frischen, weißen Laken und legt für Cornelius eine Steppdecke auf den Boden.

»Kann ich euch sonst noch etwas bringen? Warme Milch? Kekse?«

»Nein, danke«, antwortest du. Du kannst vor Müdigkeit kaum die Augen offenhalten. »Das ist wirklich genug.«

»Gute Nacht«, flüstert der Elf. »Ich wünsche euch beiden schöne Träume.«

Er schließt die Tür. Du hörst noch, wie Cornelius es sich in der Ecke bequem macht, dann versinkst du in einen unruhigen Schlaf. Deine Träume sind bevölkert von Elfen und Riesen und düsteren, lauernden Schatten.

Als du wieder zu dir kommst, flutet Sonnenschein durch die Spitzenvorhänge.

»Cornelius, Zeit zum Aufstehen«, sagst du und schlägst die Decke zurück. »Wir haben die Nacht überstanden, der Schneesturm ist vorbei.«

»Was für ein Glück!« sagt der Hirsch. »Und riech mal, wie das Brot duftet!«

Ihr steht rasch auf und seid im Nu in der Küche. Fiffergrund hat eine Schürze umgebunden und serviert zwei Schüsseln mit dampfendem Haferbrei. Auf dem Tisch stehen Körbe mit Schwarz- und Weißbrot, Schalen mit Kräuterbutter und Honig und Berge von schwarzen und roten Beeren.

»Guten Morgen! Ich freue mich sehr, daß ihr gut geschlafen habt«, sagt der Elf, der wohl schon seit Sonnenaufgang an der Arbeit ist. »Seht euch an – heute morgen scheint ihr wieder ganz sichtbar zu sein.«

»Er hat recht, Cornelius! Der blaue Strahlenglanz ist verschwunden!« entfährt es dir. Du hast den Mund schon voller Brombeeren.

Du verschlingst dein Frühstück, während Cornelius Rentierflechte kaut.

»Ich habe sie draußen von den Felsen geschabt. Sie wächst unterm Schnee«, erklärt Fiffergrund und redet ohne Pause weiter. »Also, der kürzeste Weg zu Krion führt am Fluß entlang, wo früher die Ballonblumen wuchsen. Ich zeichne euch das rasch auf.« Er zeichnet Linien und Pfeile auf einen Pergamentuntersatz und erklärt sorgfältig alle Einzelheiten.

Nachdem du gegessen hast, schiebst du den Stuhl zurück.

»Ich möchte nicht unhöflich sein«, sagst du, »aber wir müssen uns auf den Weg machen. Ich hole nur meinen Umhang vom Haken . . .«

»Warte! So warte doch!« ruft der Elf. Er springt auf und eilt dir nach. »Beeil dich nicht so. Warum verbringt ihr nicht ein paar Tage bei mir und ruht euch aus? Ich füttere euch so gut, daß ihr genug Kraft für die weitere Reise bekommt. Ihr werdet sie brauchen.«

»Das ist sehr lieb von dir, aber wir müssen uns beeilen, um Alcazar zu retten«, sagst du und ziehst die Kapuze über den Kopf. Du wirfst Cornelius rasch einen Blick zu, bevor du dich wieder dem Elf zuwendest. »Vielleicht möchtest du uns begleiten?«

»Euch begleiten? Eine großartige Idee!« ruft Fiffergrund. »Wartet, ich packe rasch Obst und Brot ein und stecke meinen Topasring an, dann sind wir reisefertig.«

»Hältst du das für richtig?« flüstert mir Cornelius ins Ohr.

»Natürlich!« tönt Fiffergrunds Stimme aus der Küche, wo er seine Schürze an einen kleinen Messinghaken hängt. »Man kann mir vertrauen, glaubt mir, außerdem bin ich kein schlechter Kämpfer. Werzen wird seine Habgier noch bereuen, das kann ich euch sagen.«

So zieht ihr los, du und der Elf und der Hirsch mit dem Sack voll Essen. Ihr seid am Fluß noch nicht weit gekommen, als du im Schnee ein Schild stecken siehst: *Königreich Yonbluth*.

In der Ferne vor euch erhebt sich ein prachtvolles Eisgebäude mit Spitzen und Türmen. Auf den Dächern türmt sich Schnee. Von allen Giebeln hängen Eiszapfen, die in der Sonne wie Silber glänzen.

»Krions Schloß!« entfährt es Cornelius. »Ist es nicht erstaunlich?«

»Erstaunlich ist einzig und allein, daß Krions Schloß immer aus Stein gebaut war, niemals aus Eis«, sagt Fiffergrund. Er spitzt die Lippen und kratzt sich am Kinn. »Das sieht verdächtig nach Werzens Spuren aus.«

»Stellen wir fest, was hier vorgeht«, sagst du. »Suchen wir Krion.«

Du eilst mit Cornelius zum Schloß. Ihr preßt die Ohren an die Tür und lauscht. Plötzlich – WUMM! – springt die Tür auf, und ihr stürzt alle beide auf den schneebedeckten Boden im Inneren. Vor euch seht ihr zwei riesige Füße in Leder gewickelt, groß wie Felsblöcke.

Du hebst langsam und vorsichtig den Kopf, um zu sehen, was auf diese Gigantenfüße folgt. Vor dir steht ein Frostriese, groß wie ein Eichbaum, mit einer Mähne wildzerzauster, goldener Haare. Die blauen Augen sind kalt wie Eis. Er stützt sich auf sein Zepter aus Eis und starrt zuerst dich, dann Cornelius an.

»Äh, entschuldigen Sie, Herr. Mein Name ist . . . äh . . . Omina«, stammelst du, während du dich aufraffst. »Ich bin das Stiefkind von Alcazar, dem Magier des Ewigen Frühlings.«

»Und ich bin Cornelius Silven, der treue Kater des Magiers«, sagt der Hirsch.

Der Riese streicht mit der Hand über seinen goldenen Bart.

»Kater?« brüllt er wild. Eiszapfen brechen unter dem Gedröhn seiner Stimme und stürzen klirrend wie Alarmglocken zu Boden.

»Na ja, bis gestern war ich ein Kater«, erwidert Cornelius. Seine grünen Augen sind sehr groß und ängstlich. »Bis . . .«

»Bis Werzen euer Reich in den Winter gestürzt und dich in einen Hirschen verwandelt hat?« brüllt der Frostriese. Eiszapfen stürzen zu Hunderten auf den Boden, und du hebst die Arme über den Kopf, um ihn vor dem Eishagel zu schützen.

Der Riese geht durch den Saal. Bei jedem Schritt erbeben die Mauern.

»War es so? Hat Werzen dich in einen Hirschen verwandelt? Ist es so gewesen?«

»Ja, so ist es«, sagt ihr gleichzeitig. »Aber woher...?«

»Weil er Krion ist!« ruft Fiffergrund, als er hereinstürmt. »Und Werzen hat ihn in einen Frostriesen verwandelt! Habe ich recht, mein Freund?« fragt der Elf, der seine Neugier kaum bezähmen kann. »Habe ich recht?«

»Du hast recht, Fiffergrund, du hast völlig recht. Und ich besitze nicht die Macht, mich zurückzuverwandeln. Ich bin im Innersten ein Magier, leiblich aber ein riesenhafter, dummer Kerl«, stöhnt er und setzt sich auf einen Eishügel, den mächtigen Schädel zwischen den Händen. »Wißt ihr, was das bedeutet?«

»Jeder hat jetzt Angst vor dir, nicht wahr?« fragst du.

»Ja«, sagt er mit traurigem Nicken. »Freunde besuchen mich nicht mehr, weil sie sich fürchten, und ich bin einsam, ganz einsam. Was soll ich nur tun?«

Fiffergrund seufzt und läßt sich auf dem ledernen Schuh des Riesen nieder.

»Wir finden einen Weg, Krion. Erinnerst du dich noch, als es hieß, der Unsichtbare Drache von Druglach könne nie besiegt werden? Alle haben es behauptet. Und wir haben ihn doch getötet, nicht wahr?« meint der Elf aufmunternd.

»Welche Macht besitze ich, um Werzen und seine Armee zu besiegen?« ächzt Krion. »Ich tauge nichts, ich bin nur ein ungeschlachter, hilfloser Riese.«

»Das ist nicht wahr!« rufst du, bevor Fiffergrund etwas erwidern kann. »Überleg dir, wie stark du jetzt bist. Du könntest Werzen mit einer Hand hochheben, wenn es sein müßte, und ihn halb durch sein Reich schleudern.«

»Ja, du hast recht. Kraft besitze ich«, gibt er zu.

»Und deine Pegasuspferde?« fragt Fiffergrund. »Wo sind sie? Was ist aus ihnen geworden? Werzen hat sie doch nicht in Murmeltiere verwandelt, oder?«

»Nein, das hat er nicht getan«, sagt Krion. Seine eisigen Augen werden lebendig.

»Nun zur letzten Frage, der allerwichtigsten. Wie steht es mit deinen magischen Kräften?« fragt Fiffergrund.

Die Schultern des Riesen sinken herab, sein Blick verdüstert sich.

»Sie sind wohl dahin. Ich hatte Angst davor, auch nur einen einfachen Zauberspruch auszuprobieren, weil ich es nicht ertragen kann, die Wahrheit zu erfahren. Ich will nicht wissen, ob sie verschwunden sind.«

»Krion, ich habe das Gefühl, daß Werzen dir nicht alle Kräfte hat nehmen können. Ich wette, daß tief in diesem Gigantenleib noch genug Zaubermacht steckt.«

Krion fährt mit dicken Fingern durch seine goldenen Haare.

»Also gut«, sagt er. »Ich versuche es. Ich will sehen, ob ich diesen Eiszapfen in eine Karotte verwandeln kann. Früher wäre das ganz leicht gewesen, aber jetzt zieht es mir das Herz zusammen...«

Er schließt kurz die Augen, um sich zu konzentrieren, dann fällt – PLATSCH! – eine wunderschöne, gelbrote Karotte auf den Boden.

»Du kannst es!« jubelt der Elf.

»Hier, das ist für dich«, sagt der Magier und reicht die Karotte an Cornelius weiter. »Und jetzt würde ich sagen, wir haben genug Zeit vergeudet. Ich bin bereit, Werzen zu beweisen, wie machtlos er in Wahrheit ist.«

»Ich auch!« erklärt Cornelius.

»Vom Kater zum Hirschen, unglaublich!« knurrt Krion und geht hinaus, begleitet von Cornelius.

»Vom Magier zum Riesen, Frechheit!« empört sich der Hirsch.

Als ihr ihnen nachgehen wollt, ergreift Fiffergrund deinen Arm und zieht dich auf die Seite.

»Omina, ich möchte, daß du über etwas nachdenkst«, sagt er. »Du bist für Alcazar sehr wichtig, und er wird hören wollen, daß es dir gutgeht. Wenn du mitkommst, gibt es keine Garantie dafür, daß du Werzens Zorn überleben wirst. Vielleicht ist es besser, du wartest hier und läßt uns allein gegen Werzen antreten.«

»Aber das wäre doch nicht fair!« gibst du zurück. »Dieses Unternehmen war schließlich meine Idee, und ich muß durchhalten, auch wenn es gefährlich wird.«

»Du willst doch am Leben bleiben und Alcazar wiedersehen, oder? Wir drei sind für einen Kampf gut gerüstet, und ich glaube fest, daß wir Werzen besiegen werden, wenn wir klaren Kopf behalten.«

Der Elf legt die behaarten Hände auf deine Schultern.
»Denk darüber nach. Wir warten draußen auf deine
Entscheidung.«

Fiffergrund geht hinaus. Du möchtest fair sein, aber auch
am Leben bleiben, um Alcazar wiederzusehen. Was wirst
du tun?

1) Läßt du die anderen allein kämpfen, während du
   sicher und ungefährdet in Yonbluth bleibst? Lies weiter auf S. 131
2) Riskierst du dein Leben und ziehst mit den anderen in
   den Kampf? Lies weiter auf S. 134

»Los, Cornelius! Folge mir!«

Du springst ins glitzernde Wasser. Die Kälte sticht dich mit tausend kleinen Silbermessern.

Du schwimmst unter Wasser, bis du zu ersticken drohst, und tauchst auf halbem Weg auf. Zu deiner Überraschung sind die Bestien oben auf der Düne stehengeblieben. Sie bewegen die Schädel hin und her und halten suchend nach dir Ausschau.

Wieder tauchst du unter und schwimmst zum anderen Ufer. Als du erneut auftauchst, scheinen die Sumpfbestien immer noch verwirrt zu sein, ganz so, als könnten sie dich gar nicht sehen. Schließlich stößt der Anführer einen bellenden Schrei aus, und die Bestien stapfen mit hängenden Köpfen über die frosterstarrten Felder davon.

»Cornelius, sie ziehen sich zurück!« rufst du und kletterst aus dem Wasser auf einen Schneehang. »Aber das ist sehr eigenartig!« fährst du fort. »Ich bin völlig trocken.«

»Nicht nur das ist sonderbar«, sagt der Hirsch. »Schau, Omina! Du bist von einem blauen Glanz umgeben wie von einer Art Nebel.«

»Du auch!« antwortest du. »Und ich wette, ich weiß, was das ist – ein Strahlenkranz der Unsichtbarkeit! Deshalb konnten uns die Sumpfbestien nicht sehen!«

»Das Wasser muß einen Zauber tragen! Was für ein Glück!« jubelt Cornelius. »Und wir mußten nicht einmal deine goldene Pfeife benützen!«

»Warte mal, Cornelius«, sagst du und suchst in deinen Taschen. »Sie ist fort. Die Pfeife ist verschwunden! Vielleicht sollte ich noch mal tauchen und nach ihr suchen.«

»Dazu ist keine Zeit«, sagt der Hirsch. »Wir müssen in Krions Schloß sein, bevor Alcazar etwas zustößt.«

»Du hast recht«, erwiderst du und springst auf seinen Rücken. »Wer weiß, wie lange wir unsichtbar bleiben.«

Lies weiter auf S. 54

»Solange wir auch friedlich vorgehen können, sollten wir das versuchen«, sagst du. »Ich weiß, daß Alcazar das lieber wäre.«

»Ausgezeichnete Entscheidung!« ruft ThorTak. »Dein Stiefvater wäre stolz auf dich!« Er ruft seinen Kolibri, der herüberschießt und sich auf seine Hand setzt.

»Hol meine Etak«, befiehlt er und ist im Nu von hundert kleinen, braunhäutigen Halblingen umgeben.

»Wir wollen Alcazar retten und die Welt von Werzen, dem bösen Zauberer, befreien«, teilt er ihnen mit.

Die Etak umarmen einander vor Freude und hüpfen.

»Ich brauche Quecksilber«, sagt er zu dem Etak mit der rosigen Birne. Der Halbling eilt davon, um es zu holen.

»Ich brauche Gummiarabikum«, erklärt er dem Akelei-Etak, der sofort davonhuscht.

»Also«, sagt ThorTak, als die Etak zurück sind. »Ihr müßt alle sehr still sein, wenn Werzen auf sein Dach hinaustritt.«

Ihr steht alle da und blickt erwartungsvoll auf das ferne Burgdach.

In dem Augenblick, als der Zauberer erscheint, verstummen die Etak. ThorTak schließt die Augen und streckt beide Arme nach Werzen aus. Du spürst, wie die Energie in seinem mächtigen Körper wächst und wächst, und mit einem Mal kommst du dir neben dem riesigen, machtvollen Wesen ganz klein vor.

Du siehst atemlos zu, wie vor deinen Augen eine große, blaue Rauchwolke aus ThorTaks Händen zuckt, durch den Himmel schießt und den Winterzauberer einhüllt. Ehe Werzen sich wehren kann – PAFF! – verschwindet er, und an seiner Stelle sprießt eine zarte, gelbe Blume aus dem Dach.

»Du hast ihn in eine Narzisse verwandelt!« entfährt es dir erstaunt.

»Nun ist er wie all die Blumen, die er mit seinem Fluch vernichtet hat«, sagt ThorTak.

Die Etak hüpfen aufgeregt durcheinander.

»Da, bringt Alcazar diesen Becher Nektar«, befiehlt ThorTak seinen Etak. Er reicht ihnen einen goldenen Kelch, der mit einer klaren, roten Flüssigkeit gefüllt ist.

»Nehmt den unterirdischen Tunnel zum Festland. Er soll alles austrinken, dann wird er geheilt sein!«

»Ich möchte mitgehen!« rufst du.

»Nein, nein. Sie bringen Alcazar gleich hierher«, sagt ThorTak. »Also, fort mit euch.«

Die Etak tanzen den Blütenpfad singend und vor Freude lachend hinunter.

»Und nun pflanzen wir die Narzisse ein«, fährt ThorTak fort. Mit einer Fingerbewegung holt er die Narzisse vom Burgdach herüber, und du hältst sie plötzlich in der Hand.

»Ich finde, der Zauberer sieht als Blume viel besser aus, meinst du nicht?« sagt ThorTak lachend. »Wir pflanzen ihn hier am Rand der Lichtung ein, damit du ihn im Auge behalten kannst. Wenn er uns Ärger machen will, müssen wir ihn eben in einen Felsblock verwandeln.«

Du gräbst ein kleines Loch in den Boden und pflanzt Werzen neben einem Silberapfelbaum ein. Und als du fertig bist, wer betritt die Lichtung...

»Alcazar!« schreist du auf und stürzt ihm entgegen, um ihn in die Arme zu schließen. »Ich bin so froh, dich wiederzusehen!«

»Du bist ein mutiges Kind, Omina«, sagt dein Stiefvater.
»Und ich sehe, daß Werzen die verdiente Strafe empfangen hat.«

»Das war Ominas Entscheidung«, wirft ThorTak ein.
»Sie beschloß, Gewalt mit Sanftheit zu bekämpfen, und du solltest stolz auf sie sein. Sie ist auf der friedsamen Insel Etaknon stets willkommen.« ThorTak wendet sich an seine Etak. »Na, worauf wartet ihr? Zündet das Feuer an, holt Obst, hängt die Blumengirlanden auf! Es ist Zeit für ein Fest! Wir feiern rund um das Feuer, und Alcazar und Omina sind unsere Ehrengäste!«

Während die Sterne der Reihe nach am Himmel erscheinen, genießt du die fremdartigen und herrlichen Speisen von Etaknon und siehst, wie in deinem Reich auf der anderen Seite des Meeres der Frühling wiederkehrt.

ENDE

»Nun gut«, sagst du, während du vor der Laterne weiter zurückweichst. »Du kannst mitkommen, um Werzen zu vernichten.«

Deine Augen werden immer größer, als vor dir langsam und deutlich eine durchsichtige Gestalt zu entstehen beginnt. Ein Ork, bösartig, häßlich und weiß wie der Frost, trägt die Laterne. Sein Körper ist narbenübersät, an den Handgelenken hängen schwere Eisenketten. Dein Herz beginnt vor Schreck zu erstarren.

Du spürst, wie dir der kalte Schweiß ausbricht. Deine Hände sind plötzlich alt und runzlig, auf deinen Schultern hängen graue Haarlocken.

»Was tust du mit mir?« entfährt es dir.

»Du scheinst dich vor meinem gefolterten Leib zu fürchten«, sagt der Geist lachend. »Hast du nicht gewußt, daß du bei meinem Anblick alterst?«

»Nein!« kreischst du, halb erstickt vor Furcht. Schürhaken und Pfeife gleiten dir aus den Händen, und du fliehst in panischer Angst, hetzt über die Felsen, wendest dich zuerst nach Norden, dann nach Süden, weißt nicht, wohin du sollst.

Wohin du auch läufst, das Gespenst ist überall und schleppt rasselnd seine Ketten über das Gestein.

»Hilfe!« schreist du. »So helft mir doch!« Aber die einzige Antwort ist das Echo von den Klippen und das Rasseln der Ketten, die hinter dir über die Felsen scharren. Du läufst und schreist und hoffst, daß dich jemand hört, hoffst verzweifelt, dies sei nicht das

ENDE

»Versprichst du mir, daß ich mächtig genug sein werde, um Alcazar zu retten, wenn ich das häßliche Ding hier esse?« fragst du und rümpfst die Nase über dem Knollenpilz.

»Ich spreche nichts als die reine Wahrheit, mein Kind«, erwidert Madame Wurzelkraut. In ihre sanfte, seidige Stimme mischt sich ein kleines Krächzen. »Also, hör zu, du darfst keine Zeit verlieren. Auf zu den Freuden der Macht!«

Damit stößt sie dir den Pilz in den Mund. Du kneifst die Augen zu und kaust hastig. Dein Mund ist erfüllt von einem bitteren, fauligen Geschmack.

Plötzlich umfaucht dich der Wind wie ein Orkan, und du entdeckst, daß du rotierst, unaufhaltsam rotierst wie ein Kreisel. Madame Wurzelkrauts keckerndes Lachen hallt in deinen Ohren, während du dich mit rasender Schnelligkeit drehst. Der Wald fegt in einem einzigen Wirbel von Grün und Gold an dir vorbei. Dann kommst du mit einem kreischenden Geräusch zum Stillstand und sinkst, vom Schwindel gepackt, zu Boden.

Die schöne Frau ist verschwunden. Vor dir steht die häßliche alte Vettel. Sie lacht und zeigt ihre kleinen Zahnstummel.

»So, Sahnetörtchen, wir nennen dich Wurzelblüte, und du sollst für immer durch den Wald irren und bedauernswerten Reisenden Pilze aufdrängen! Ha!«

»Nein! Das kannst du nicht tun!« schreist du, aber es ist nicht deine Stimme. Sie knarrt und krächzt wie die Stimme der Hexe. Du blickst an dir hinunter und siehst, daß aus deinem weißen Rock schwarzes Leinen geworden ist. »Das kannst du mir nicht antun!«

Du greifst nach deinem Schürhaken. Er ist verschwunden. An seiner Stelle berührst du einen Rupfensack voller Pilze. Du ergreifst ihn mit deinen Runzelhänden und willst zuschlagen.

»Dafür bezahlst du, grausame, alte Vettel!«

Die Lichtung hallt wider vom Kichern der Hexe, und plötzlich kicherst auch du wider Willen. Lautes, krächzendes Gelächter dringt aus deinem Mund, du hängst dir den Pilzsack über den buckligen Rücken und rufst:

»Pilze, Leute? Ich habe den Schlüssel zu Reichtum und Schönheit und Macht, zu großer Macht . . .«

ENDE

»Geh nur«, sagst du zu dem Druiden. »Ich folge dir.«
Dann wendest du dich an den kleinen Nachtfalter.

»Ich habe versprochen, dich zu Professor Quince zurückzuschicken, und was ich versprochen habe, halte ich
auch«, sagst du, ohne Luna anzusehen.

»Aber es wird Nacht, und im Dunkel des Waldes findest
du den Weg nie. Diese Wälder sind nicht für Menschen
gedacht, Omina. Sie sind tückisch.«

»Geh, Luna. Ich muß mein Wort halten.«

Luna flattert heran, um dich auf die Wange zu küssen. Du
siehst, wie ihr kleines Licht immer wieder aufblinkt und
bald in der Schwärze des Waldes verschwindet.

Du drehst dich um und willst dem Druiden zu seinem
Hain folgen, entdeckst aber, daß er schon fort ist. Er ist
sehr schnell auf den Beinen.

Ich hätte ihn bitten sollen, daß er auf mich wartet, denkst
du. Dein Herz schlägt bis zum Hals. Du läufst den Weg
entlang, den du gekommen bist. Er schlängelt sich an
zahllosen Bäumen vorbei. Du suchst nach vertrauten
Merkmalen, die dir helfen können, den Weg zu finden.
Du siehst keine Dornbüsche oder Butterblumen oder
andere Pflanzen, an die du dich erinnerst. Langsam siehst
du ein, was du schon geahnt hast – du bist in die Irre
gelaufen.

Du kletterst an einem Baum hinauf, um nach dem Drui-
denfeuer Ausschau zu halten, aber sogar aus der Höhe
siehst du nichts als Bäume. Dunkelheit kriecht in den
Wald, die Nacht sinkt herab, und du hast niemanden, der
dich führen kann. Ist dies das

ENDE?

»Steig durch diese Öffnung hinein«, befiehlt der Druidenpriester, und bald bist du mit Luna tief im Innern des größten Zedrachbaums im Wald. In seinem Stamm ist es sehr dunkel. Es riecht nach feuchtem Holz und Moos.

Der Druidenpriester hebt seinen musikalischen Stab und beginnt murmelnd eine fremdartige Litanei zu singen. Gerade als du das Gefühl hast dich zurechtzufinden, beginnen Lunas Flügel erregt zu flattern.

»Warte, Omina!« ruft sie plötzlich und fliegt hinaus. »Du hast den Pilz verloren! Da liegt er am Boden!«

Du versuchst hinauszuspringen, um die Blutrote Flamme aufzuheben, aber du hörst den Druiden sagen: »Es ist zu spät. Der Spruch ist getan.«

Augenblicklich blitzt grelles Licht um dich auf, und du wirst von einem heftigen Schwindelgefühl erfaßt.

Irgendwo in der Ferne ruft Lunas Stimmchen: »Warte auf mich, Omina! Ich komme mit!«

Aber du bist schon in einer anderen Welt, eingehüllt in fahles, gelbes Licht, und fliegst ganz allein durch Raum und Zeit.

Lies weiter auf S. 28

»Gut, dann räum den Schnee von der *Goldie* und wirf mich an Bord, Maat.«

Du scharrst den Schnee herunter, legst Muschel und Schürhaken in das Boot und schiebst es ins Wasser.

»Herrlicher Tag zum Segeln, wenn auch ein bißchen windig«, sagt die Muschel. »Zieh das Segel hoch, damit wir losfahren können. Und achte auf den Wind. Er ist sehr frisch!«

Du ziehst das Segel empor, und das Boot schießt so heftig davon, daß ihr beinahe über Bord kippt.

»Anders herum!« brüllt die Muschel. »Zieh das Segel auf die andere Seite!«

»Aber wie denn?« rufst du. »Wie?«

»Das Seil, Maat. Zieh an dem Seil, das vom Segel hängt!« fährt er dich an. »Ach, meine arme *Goldie*. Du bist wirklich eine Landratte, wie?«

Die Muschel brüllt dich auf dem ganzen Weg an, aber schließlich gleitet ihr in die kleine Bucht einer üppig grünen Insel, die von Werzens Fluch unberührt ist. Am Strand hat sich eine Gruppe von Halblingen versammelt. Sie schwenken die Arme und rufen freundliche Worte.

»Ohne Zweifel die Etak«, sagst du und läßt das Boot am Sandstrand auflaufen.

»Bürger, ich stelle euch hiermit – wie heißt du überhaupt?« fragt die Muschel, als du sie auf den Strand hebst.

»Omina...«, beginnst du, aber die kleinen Etak unterbrechen dich mit ihren fröhlichen Stimmen.

»Omina! Du bist Omina, und wir freuen uns so über deinen Besuch!« Ihre braunen Finger berühren deine Haare und dein Gewand, und sie überhäufen dich mit Obst und Blumen. Einer gibt dir einen Arm voll Akelei, ein anderer überreicht Orchideen. Es gibt Etak mit rosigen Birnen und Etak, die Körbe voller Passionsblumen tragen.

Bald bist du von Kopf bis Fuß mit Geschenken überhäuft und weißt nicht recht, was du tun sollst.

Lies weiter auf S. 63

»Hier«, sagst du und gibst dem Professor die goldene Pfeife. »Nehmen Sie.«

Er reibt mit Daumen und Zeigefinger daran und untersucht sie wie einen gefangenen Schmetterling.

»Wo hast du die her? Das ist ein Magiergerät, kein Kinderspielzeug.«

»Ganz recht«, antwortest du. »Sie gehört meinem Stiefvater, dem Magier Alcazar. Aber sie ist nur ein Pfand für Ihre Luna, und ich will die Pfeife wiederhaben, wenn ich Luna zurückbringe.«

»Keine Sorge. Ich habe keine Zeit für Spielzeug oder Magie oder alberne Zauberstückchen«, knurrt er. Er läßt die Pfeife in eine Schublade fallen und beugt sich wieder über das Pfauenauge. Er befestigt die Flügel des Falters mit schmalen Papierstreifen. »Und jetzt geht, ihr beiden. Ich habe hier Wichtiges zu tun.«

Der Nachtfalter flattert auf deine Schulter und flüstert dir ins Ohr: »Du darfst mich Luna nennen. Wie heißt du?«

»Omina.«

»Gut, Omina, gehen wir.«

Du gehst hinaus in den Wald. Der Nachtfalter fliegt vor dir hin und her, und der Fühler leuchtet in der Dunkelheit der Baumschatten wie eine kleine Lampe.

»Ich wette, du bist froh ihn loszusein, Luna, nicht wahr?«

»Du meinst Professor Quince? Ach, ich weiß nicht. Er war gut zu mir. Er hat mich bei sich aufgenommen, obwohl ich häßlich bin, weil mir ein Fühler fehlt und . . .«

»Luna«, sagst du, »ich finde dich überhaupt nicht häßlich. Du bist sogar sehr schön«, fügst du leise hinzu.

Der Nachtfalter errötet und schüttelt den Kopf.

»Nein, nein. Ich bin nicht einmal gut genug, um eines von Professor Quinces Sammelexemplaren zu sein.«

»Wen stört das? Zwei Fühler zu haben, ist etwas ganz Alltägliches. Sieh dir an, wie es all den anderen Faltern ergangen ist.«

»Du willst mich nur aufheitern«, sagt Luna mit schwankender Stimme.

»Durchaus nicht, Luna. Ich halte dich wirklich für etwas Besonderes.«

»Für eigenartig, meinst du.«

Du bleibst stehen.

»Komm her und setz dich auf meinen Handrücken«, befiehlst du dem Nachtfalter in einem Ton, den du von Alcazar gelernt hast. »Jetzt hör mir einmal zu. Eigenartig ist Erasmus Quince, nicht du. Denk an all die Dinge, die nur *du* kannst. Du kannst sprechen, du kannst die Dunkelheit erhellen, du kannst sogar eine wunderbare Freundin sein. Die anderen Falter müssen sich damit begnügen, schön zu sein.«

Luna errötet immer tiefer und flattert verlegen mit dem Flügel vor ihren Augen. Du seufzt ungeduldig.

»Komm jetzt, Luna. Wir müssen weiter.«

Als du dich wieder auf den Weg machst, erkennst du, daß du dich tief in einem Fichtenwald befindest. Die verschneiten Äste hängen so dicht, daß du nicht weiterkannst. Die Wipfel sind schwarz vor Krähen.

»O nein!« stöhnst du. »Was machen wir jetzt? Nehmen wir die andere Richtung?«

»Das geht nicht. Hier ist der sicherste Weg zu den Druiden«, erklärt Luna. »Ich kann zwischen den Ästen hindurchfliegen, muß aber auf die Krähen achten. Ich weiß nur nicht, wie du hindurchkommst, Omina.«

»Es sieht so aus, als müßte ich mir mit dem Schürhaken einen Weg freischlagen. Leuchte auf diesen Ast dort, Luna, ja?«

Du ergreifst den Schürhaken mit beiden Händen und hackst am nächststehenden Fichtenbaum einen schneebedeckten Ast ab. Von nirgendwo ertönt ein gequälter Schrei, als liege ein großes Tier im Todeskampf.

»Was ist das?« flüsterst du, während deine Augen den Wald nach einer behaarten Bestie absuchen.

»Ich weiß es nicht«, sagt Luna. »Komm weiter.«

Knack! Der nächste Ast fällt, gefolgt von einem halblauten, schmerzerfüllten Stöhnen.

Lunas Flügel flattern erregt wie bei einer Biene.

»Ach, du meine Güte, Omina, schau! Ich glaube, du hast dem armen Baum wehgetan!« Sie richtet ihr Licht auf den Baumstamm, wo der Ast abgebrochen ist. Du siehst aus der Wunde Blut quellen.

»Ich hatte keine Ahnung . . .«, rufst du, aber Luna unterbricht dich.

»Omina! Die Bäume rücken gegen uns vor. Wir müssen von hier fort.«

Ringsum rücken große, verschneite Bäume näher, die
Äste ausgestreckt. Überall hocken Krähen. Du hältst den
Schürhaken vor dich hin und siehst, wie sie näherkom-
men, immer näher. Der Waldboden erzittert wie bei
einem Erdbeben.

»Omina! Was sollen wir tun?«

Du mußt schnell eine Entscheidung treffen und hast zwei
Möglichkeiten:

1) Sprich mit den Bäumen in der Hoffnung, daß sie dich
   verstehen. Lies weiter auf S. 59
2) Kehr um und lauf den Weg zurück. Lies weiter auf
   S. 50

Du winkst der kleinen Armee zum Abschied und kehrst ins Schloß zurück, um dich auf einen Schneehügel zu setzen. Du fühlst dich sehr einsam und fragst dich immer wieder, ob du die richtige Entscheidung getroffen hast.

Tage und Nächte vergehen, in denen du jeden Augenblick erwartest, draußen Fiffergrunds Stimme zu hören oder Alcazar eintreten zu sehen. Du frierst und hast Hunger und kannst kaum jemals länger als eine Stunde schlafen.

Bald ist eine Woche vergangen. Von deinen Begleitern ist nichts zu sehen. Eines Morgens wickelst du dich in den Umhang und machst dich geschwächt und elend auf den Heimweg.

Sind deine Freunde zu Werzens Burg gelangt oder unterwegs von den Ork gefangengenommen worden? Vielleicht haben sie aufgegeben und Alcazar in der Eishöhle sterben lassen.

Wenn du den Mut aufgebracht hättest, ihnen beim Kampf zu helfen, wäre Werzen inzwischen vielleicht schon besiegt, und du hättest mit Alcazar den Heimweg antreten können.

Aber du wirst es nie erfahren, denn dies ist das

ENDE

»Ich glaube, es ist das beste, wenn ich mich auf den Weg mache. Werzens Burg ist nicht mehr allzu weit entfernt«, sagst du. »Und vom Segeln verstehe ich wirklich nichts.«

»Wie du willst«, fährt dich die Muschel an. »Aber komm später nicht angekrochen und jammere um Hilfe. Ich habe dir deine Chance gegeben.«

Du wickelst dich fest in den Umhang und gehst über den eisigen Fels Richtung Norden. Während du dahinstapfst, beginnt es zu schneien. Bald bist du in einen Sturm geraten, der dir Eis und Schneeregen ins Gesicht peitscht. Hände und Füße werden gefühllos. Du eilst weiter, um die Burg zu erreichen, bevor das Wetter noch schlimmer wird. Plötzlich kommt dir ein Gedanke.

Wenn ich Werzens Burg erreicht habe, brauche ich Hilfe, um an den Ork und ihren Ebern vorbeizukommen, denkst du. Mitten in einem Schneesturm finde ich niemals Hilfe! Vielleicht ist es besser, ich kehre um und versuche doch, nach Etaknon zu gelangen.

Du kehrst um. Der Wind peitscht dich nun von hinten. Du bist noch nicht weit gekommen, da hörst du hinter dir auf den Klippen eine Stimme brüllen: »Da ist Alcazars Kind! Packt sie!«

Du schaust dich um. Zwanzig Eberführer-Ork stürmen über den Felsen heran. Die verrosteten Schwerter und Spieße fliegen in alle Richtungen. Sie schnauben, ihre Eber schnauben, und du läufst, so schnell du kannst.

Bringt mich zurück zur Muschel, befiehlst du deinen Füßen und willst sie zwingen, noch schneller zu laufen.

Aber du bist nicht schnell genug. Die Ork haben dich bald erreicht. Sie fesseln dich und nehmen dich auf einem großen, häßlichen Eber mit.

»So, nun bekommst du deinen Magier doch noch zu Gesicht«, höhnt einer.

»Ja, du wirst Zeit genug haben, das Neueste zu erfahren, während du in der Eishöhle neben ihm hängst!« johlt ein anderer.

Du bleibst stumm. Du hast begriffen, daß du wehrlos bist und es inzwischen ohnehin zu spät ist, um noch etwas zu unternehmen. In deinem Innern hörst du Alcazar sagen: »Sie sind eine Armee, und du bist allein.«

ENDE

»Wir gehören alle zusammen«, sagst du und trittst hinaus zu den anderen. »Ich komme mit.«

Fiffergrund schiebt seinen Arm durch deinen und ruft: »Wir kämpfen bis zum Ende!«

»Vorwärts!« dröhnt Krion. Ihr folgt ihm hinter das Schloß zu den frostbedeckten Stallungen. »Paßt auf!« Der Riese schnippt mit den Fingern. Hunderte von silbernen Pegasuspferden erheben sich in die Luft. Sie flattern mit Kristallschwingen, die so zart sind wie Libellenflügel. Ihre seidigen Mähnen schimmern in der Kälte.

»Was ist das?« fragst du, als ein riesiger weißer Drache mit geblecktem Gebiß aus dem Stall fliegt.

»Mein erster Pegasus in einen Drachen verwandelt?« brüllt Krion. »A-ach, das zahle ich dir heim, Werzen, glaub mir!« Heulend schwingt er drohend sein Zepter.

Er hebt dich und Fiffergrund auf einen Pegasus und wendet sich Cornelius zu.

»Was machen wir mit dir, Hirsch? Mal sehen...« Er zupft aus dem Flügel eines der Silberpferde eine Feder und streicht damit über Cornelius' Rücken.

»So, jetzt kannst du fliegen wie ein Vogel«, sagt Krion. In der Tat schwebt der Hirsch auf magische Weise vom Boden empor.

Krion besteigt den weißen Riesendrachen, und ihr fliegt davon durch die kalte, klare Luft.

Bald ragen schroffe Klippen über der Küste empor. Auf ihnen steht ein gigantisches Bauwerk aus Stein, vom Alter geschwärzt. Überall wimmelt es von Ebern. Beim Anblick der fliegenden Armee stürzen die Eber erregt von einem Ende des Burggrabens zum anderen und

warnen ihre Herren mit schrillen Schnaublauten. Einige
Eber stürzen sich quietschend kopfüber in den Burggraben, daß es klatscht.

Krion erhebt sein Eis-Zepter und ruft den Pegasuspferden zu: »Laßt sie schlafen!«

Die fliegenden Pferde schütteln die Mähnen. Eine Wolke
aus Staub fliegt wie frisch gefallener Schnee auf die Eber
hinab. Bald danach stolpern die Bestien, fallen um und
schlafen schnarchend ein.

»Gut gemacht!« ruft der Riese. »Sie werden erst Stunden
später aufwachen!«

Du folgst Krions Drachen, der über die Haufen schlafender Eber hinwegfliegt und am Burgeingang landet. Auf
Krions Befehl öffnen sich die riesigen Torflügel knarrend. Ihr springt von euren Pferden und eilt in die feuchte
Dunkelheit von Werzens Burghallen. Tief im Gang hörst
du Gesang und Geschrei. Es scheint so, als würden die
Eberführer ein Fest feiern.

Gut berechnet, denkst du. Sie vergnügen sich, statt die
Burg zu bewachen!

»Hierher«, flüstert der Riese. Er schleicht auf Stufen
nach unten. Zu viert steigt ihr die Wendeltreppe hinab
und huscht in einen muffig riechenden Tunnel, die Waffen erhoben. Vom Burggraben über euch tropft Wasser
herab. Die Kälte kriecht an deinem Rückgrat hoch und
dringt dir bis in die Knochen.

»Da! Die Eishöhle!« ruft Cornelius – viel zu laut. Er stürmt auf eine verrostete Eisentür am Ende des Tunnels zu. Du bist augenblicklich an seiner Seite und schlägst mit dem Schürhaken auf das Schloß ein. Plötzlich hört ihr den Hall von vielen Schritten. Die Eberführer stürzen auf euch los. Fackeln und Spieße fliegen in alle Richtungen. Eine Stimme dröhnt durch den Korridor.

»Halt, Eberführer!«

Am Tunneleingang steht Werzen. Seine langen gezackten Zähne schimmern im Licht der Fackeln.

»Überlaßt diese tapferen Wesen mir«, sagt er. Sein Eisbart springt beinahe auseinander, so breit ist sein böses Grinsen. »Ich sorge persönlich dafür, daß sie die letzten Augenblicke ihres armseligen Lebens genießen. Also, wir wollen einmal sehen ... Soll ich sie mir der Reihe nach vornehmen oder alle vier mit einem einzigen Schlag vernichten?«

Er klopft mit dem Stab auf seine Handfläche und denkt einen Moment nach.

»Hübsch der Reihe nach wäre vergnüglich, nicht wahr? O ja. Fangen wir mit dir an, Frostriese. Ich glaube, du wärst eine schöne Eisstatue, eine sehr schöne sogar.«

Krion wirft Fiffergrund rasch einen Blick zu, als stelle er eine Frage.

»Bleib, wo du bist«, flüstert Fiffergrund. »Das übernehme ich.«

»So, du übernimmst es, haariger Elf?« höhnt Werzen lachend. »Warte, bis du an der Reihe bist. Du wirst genug zu tun haben, dich zu verteidigen, wenn es soweit ist.«

Werzen hebt seinen Zauberstab, und – HUII! – ein eisblauer Blitzstrahl schießt auf Krion zu. Im Bruchteil einer

Sekunde springt Fiffergrund vor den Riesen, den Topasring in den Händen. Der Blitz trifft den Edelstein, prallt ab und zuckt zurück zu Werzen. Er trifft den Zauberer zwischen den Augen. Bevor der Winterzauberer aufschreien kann, flammt er auf wie ein blauer Komet und beleuchtet hell den Tunneleingang. Einen Augenblick später steht er erstarrt, ein riesiger Eisblock.

Die Eberführer stürzen vor Entsetzen wild durch den Tunnel davon und trampeln einander nieder, um nur möglichst schnell zur Treppe zu gelangen.

»Du hast es geschafft, Fiffergrund!« rufst du jubelnd. »Das war großartig, nicht wahr, Cornelius?« Du wendest dich dem Hirschen zu, aber der schnurrt zufrieden. »Cornelius, du bist wieder ein Kater!«

»Und ich bin wieder ein Zauberer«, sagt Krion, »und froh darüber, meinen Riesenleib losgeworden zu sein!« Er dreht sich nach der Tür der Eishöhle um. »Und nun zu unserer eigentlichen Aufgabe«, sagt er und zielt mit dem Finger auf das Türschloß, das augenblicklich zerspringt. Du stürzt in die Höhle, aber sie ist von pechschwarzer Dunkelheit erfüllt.

Du kneifst die Augen zusammen. Vor dir hängt ein riesiger Eber mit dem Kopf nach unten. Sein Maul steht offen, die glasigen Augen starren in die Ewigkeit.

»Er ist tot«, murmelst du und wendest dich ab.

Du spähst umher und entdeckst, daß neben dem Eber Alcazar hängt. Seine Handgelenke sind von den verrosteten Ketten zerfetzt und bluten. Die untere Hälfte seines Nachthemds ist in Fetzen gerissen. Sein Gesicht ist fahl, eingefallen und zerkratzt, aber . . . du stöhnst vor Freude auf . . . im Gegensatz zu dem Eber ist er am Leben!

»Alcazar!« schreist du auf und schlingst die Arme um seinen ausgemergelten Körper. »Ich bin so froh, daß du lebst!«

Im nächsten Augenblick steht Krion neben dir. Er bewegt die Hand. Alcazars Ketten öffnen sich und fallen klirrend zu Boden.

»Du bist ein tapferer Soldat, Omina«, sagt Alcazar. »Ein sehr tapferer Soldat. Ich bin stolz auf deine Taten.«

»Nun wird es Zeit, daß dieser Zauberer wieder gesund wird«, meint Fiffergrund, der zu Alcazar heranspringt. »Krion, könntest du, bitte, einen Pilz der Blutroten Flamme aus dem Wald hierherholen?«

»Ich bin sicher, daß ich das kann«, erwidert der und schließt die Augen. Wenige Augenblicke später hält er einen leuchtend roten Pilz in der Hand. »Für dich, Alcazar«, sagt er. »Du und dein Reich mögen nie mehr der Krankheit anheimfallen.«

Nachdem Alcazar einmal in den Pilz gebissen hat, leuchten seine Augen wieder. Sein Gesicht nimmt Farbe an.

»Nichts wie fort von hier!« sagt er voll Energie, als er wieder auf den Beinen steht.

Draußen besteigt ihr die geflügelten Pferde und fliegt hinauf in den sternbesetzten Himmel. Ein warmer Windstoß aus dem Süden bläst in dein Haar.

»Frühling, Cornelius! Frühling, Alcazar!« rufst du voll
Überraschung. »Der Frühling kehrt ins Reich zurück!
Der Winter ist vorbei!«
Unten drängen sich winzige grüne und gelbe Triebe
durch den Boden herauf, und du weißt, daß der Schnee
bald schmilzt. Dann wirst du zusammen mit Alcazar und
Cornelius an eurem Feuer sitzen und in der guten Suppe
rühren.

ENDE

Mit dem Schürhaken in der Hand weichst du vor der Laterne zurück, dann läufst du, so schnell du kannst, über die Felsen nach Norden. In deinen Stiefeln schwappt eiskaltes, schäumendes Wasser, aber du rennst weiter, ohne dich umzusehen.

Der Wind peitscht dein Gesicht, deine Lunge brennt von der kalten Luft, aber du läufst weiter. Nur der Gedanke an Alcazars fieberndes Gesicht bewahrt dich vor dem Zusammenbruch. Endlich verstummt das geisterhafte Heulen, und du siehst hinter dir keine Laterne mehr.

»Puh! Das war knapp«, sagst du zu dir selbst, während du auf einem flachen Felsblock zusammensinkst. »Es wird schon Nacht . . .«

Du wickelst dich in den Umhang und legst dich hin, um ein paar Augenblicke auszuruhen. Deine Lider sind schwer, und bevor du dich umsiehst, versinkst du in tiefen Schlaf.

Plötzlich wirst du von einem unheimlichen Grollen tief unter den Felsen wachgerüttelt. Du fährst in die Höhe und greifst nach dem Schürhaken. Das Grollen wird immer lauter, bis die Felsblöcke um dich herum von der dröhnenden Gewalt des Erdbebens bersten und kippen. Zwischen den Felsen öffnen sich breite Spalten, in die Öffnungen stürzen Schneelawinen hinab. Du preßt den Umhang an deine Brust und reißt vor Entsetzen weit die Augen auf, als aus den Spalten Hunderte von Blumen im Schnee heraufsteigen.

»Ach, es sind nur Lilien«, sagst du und seufzt erleichtert. Aber dann siehst du, daß sie immer weiter wachsen. Es sind nicht die friedlichen Osterlilien des Frühlings, sondern riesige, schwere Blumen, weiß und kalt wie der Mond. Sie ragen so hoch empor wie Eichbäume. Sie

richten ihre Blüten auf dich, als besäßen sie Augen, als könnten sie dich sehen.

Aus ihren mächtigen Kehlen dringt ein sonderbarer Laut. Sie knurren dich an wie Tiere und senken die Köpfe, bis du in ihre Blüten hineinblicken kannst. Sie haben lange, gummiartige Zungen und Münder, die sich öffnen und schließen, als suchten sie gierig nach Beute.

»Menschenfresser!« flüsterst du. Dein Mund ist vor Angst ausgetrocknet. Das Knurren wird lauter, und die dicken, grünen Zungen sind nur noch Zentimeter von deinem Gesicht entfernt. Du mußt schnell überlegen, bevor die Lilienmonster sich auf dich stürzen.

Du hast drei Möglichkeiten:

1) Wenn du dich mutig genug fühlst, die Lilien anzugreifen, lies weiter auf S. 58
2) Wenn du lieber Magie anwendest und in deine goldene Pfeife blasen willst, lies weiter auf S. 13
3) Wenn du dich unter deinem Umhang verstecken willst, bis es hell wird, in der Hoffnung, daß sie bei Sonnenaufgang verschwinden, lies weiter auf S. 20

»Schnell, Luna, versteck dich in meiner Tasche«, flüsterst du. Sie kriecht in deinen Rock, und du zwängst dich unter einen Haufen schneebedeckter Äste. Du greifst hinaus und zerrst mehr Äste über dich, dann bleibst du regungslos auf dem Rücken liegen.

»Sei ganz still«, zischst du Luna zu.

Das Schnauben und Quietschen der Armee klingt nun gedämpft, der Kampf scheint nachzulassen. Du fragst dich, wer Sieger bleibt, die Bäume oder die Ork.

»Weg hier, bevor die Bäume noch mehr Schaden anrichten!« brüllt ein Ork.

Du hörst schnelle Schritte auf dem Schneeboden und Quietschlaute. Ein paar Eber knurren erschöpft. Plötzlich ruft eine barsche Stimme: »Das Kind! Wo ist das vermaledeite Kind?«

Die Armee rottet sich wieder zusammen.

»Das ist allein deine Schuld, Gorff, du blöder Schweinsschädel!« schreit ein Ork.

»So? Ich habe gekämpft, um deinen Dummschädel zu retten, Krogg! Hätten dich nur die Bäume erschlagen!«

»Na, du verdammter Schwachkopf!« tönt die Antwort.

»Dir werde ich Anstand beibringen, Kerl!«

Du hörst Ork-Schwerter klirren.

Eine andere Stimme brüllt: »Ich bleibe nicht hier und lasse mich vermöbeln. Los, Thaug. Sollen sie sich allein streiten.«

»Warte auf mich!« johlt Gorff.

Bald verklingt das Geschrei in der Ferne. Du spähst zwischen den Ästen hinaus, um zu sehen, ob die Luft rein ist. Auf dem Waldboden liegen Ork hingestreckt, umgeben von zerhackten Ästen. Die Bäume stöhnen leise. An ihren Stämmen fließt Blut herab.

»Ich glaube, beide Seiten haben verloren«, flüsterst du Luna zu, »und sie haben keine Kraft mehr, uns zu suchen. Bleib in meiner Tasche und sag mir von dort aus, wie wir zu den Druiden kommen.«

»Es hörte sich so an, als wären die Ork nach Süden gegangen, in die falsche Richtung«, sagt Luna. »Wenn du den Weg nach rechts gehst, sollte uns nichts passieren.« Du schleichst leise an den verwundeten Bäumen vorbei, steigst über Ork-Leichen und eilst bald auf dem gut ausgetretenen Pfad dahin, der nach Norden führt.

Lies weiter auf S. 74

Du reißt eine Handvoll Eiszapfen von einer Klippe und springst hinter der Düne in Deckung.

»Cornelius! Komm schnell!« rufst du, und der Hirsch steht im Nu neben dir.

»Ich versuche sie abzuschrecken«, sagst du zu ihm, während du Eiszapfen nach den Sumpfbestien schleuderst. Cornelius schüttelt verzweifelt den Kopf, als er sieht, wie sie von den heranstapfenden Tieren abprallen, ohne Schaden anzurichten.

»Omina, sie spüren sie gar nicht«, stöhnt Cornelius. »Die Bestien zucken nicht einmal und kommen rasch näher. Wir müssen etwas unternehmen, um sie aufzuhalten! Was könnten wir sonst gegen sie einsetzen?«

»Wie wäre es mit Schneebällen, Cornelius? Der Schnee ist schwer und müßte fest sein.« Du greifst dir eine Handvoll und formst ihn zu einer harten, eisigen Kugel. Du schleuderst den Schneeball und triffst eine der Bestien zwischen die Augen.

»Es ist nutzlos!« ächzt Cornelius, als die Tiere weiter auf euch zutrampeln. Der Anführer ist schon so nah herangekommen, daß du den Schaum von seinen Lefzen triefen siehst. Sein Auge ist vom Blut aus der Wunde verklebt. Plötzlich stößt er einen Wutschrei aus und greift an. Die Hufe bohren sich in das Eis. Du weichst auf der Düne zurück zum Wasser. Als du dich umdrehst, siehst du die Bestie oben auf dem Hügel stehen, bereit zum Angriff.

»Er zerfetzt uns im Nu!« schreit Cornelius. »Es ist aussichtslos.«

Du überlegst rasch. Das Wasser liegt hinter dir, die goldene Pfeife steckt in deiner Tasche.

»Nein, Cornelius. Es bleibt immer noch Hoffnung«, sagst du, um Zuversicht bemüht.

Dir bleiben Sekundenbruchteile, um anders zu entscheiden.

Blättere zurück auf S. 46
und triff eine andere Wahl

»Nun, ich bleibe nur für diese Nacht«, sagst du zu den Etak, die aufgeregt herumhüpfen. »Aber morgen früh muß ich gehen, nachdem ich einen Plan gefaßt habe, wie ich Alcazar retten kann.«

»Du kannst deine Pläne in Ruhe fassen«, sagt ein Etak und zieht dich zu einem Stuhl, der draußen in der Sonne steht. »Setz dich und mach es dir bequem. Wir bringen dir zu essen.«

»Ich möchte auch wissen, ob ihr mir gegen Werzen helfen könnt...«

»Keine Sorge. Alles zu seiner Zeit.«

Kleine Etak bringen dir fremdartige Speisen, die erstaunlich gut schmecken. Es gibt gelbe Früchte, zerkleinert und auf langen, grünen Blättern serviert, dicken, rosigen Nektar aus Kokosnüssen und zum Nachtisch dunkelrote Blütenblätter.

»Glasiert mit Mondblumenhonig«, berichten sie. Mit der Zeit fühlst du dich sehr wohl. Es ist schön, in der Sonne zu sitzen und auszuruhen, statt zum kalten, verschneiten Festland zu stürmen. Der Nachmittag vergeht friedlich, bald wird es Abend und wieder Morgen, und du sitzt glücklich in der Sonne und verzehrst süße und bunte Speisen.

Während die Tage vergehen, vergißt du Werzen und den Winter und all die schrecklichen Ereignisse, die dich auf die Insel geführt haben. Und du verbringst endlose, glückliche Tage im Paradies der Etak.

ENDE

Mit Luna folgst du dem Druiden auf den gewundenen Waldpfaden, vorbei an Dornbüschen, in die Lichtung, wo die Kuttengestalten sich am Feuer wärmen. Der Druidenpriester klopft mit seinem Stab an einen riesigen Baum. Heraus tritt ein weißes Einhorn, schön wie ein Bild aus einem Buch.

»Ich habe bis heute noch nie ein echtes Einhorn gesehen«, sagst du zu Luna. »Es ist wunderschön.«

»Denk an dein Ziel, und du wirst nach einem Lidschlag dort sein«, sagt der Druide. »Geh in Frieden.«

Als das Einhorn davonsaust, rufst du noch: »Danke.«

Im nächsten Augenblick steht Werzens Burg vor dir, hoch und schwarz, wimmelnd von Ebern.

»Ich war als kleines Kind einmal dort, zusammen mit Alcazar«, sagst du. »Ich glaube mich an einen äußeren Eingang zur Eishöhle hinten am Berg zu erinnern. Vielleicht finden wir ihn.«

Das Einhorn hält sich an deine Anweisungen und bleibt auf der anderen Seite der Felsenhöhe stehen. Du steigst ab und kletterst lautlos hinauf. Oben kannst du, kaum einen Steinwurf weit entfernt, einen einzelnen Ork vor einem Höhleneingang Wache halten sehen.

»Die Eishöhle liegt unter der Erde«, sagst du. »Ich glaube, daß sie durch einen Tunnel mit der Burg verbunden ist. Warten wir, bis die Wache abgelöst wird. Wenn keiner aufpaßt, schleichen wir uns hinein.«

Als du dich umdrehst, ist das Einhorn lautlos verschwunden. Bei Einbruch der Dunkelheit verläßt der Ork seinen Platz, und der neue Wachtposten bleibt stehen, um mit ihm zu reden. Sie drehen dir den Rücken zu.

»Schnell, los!« sagt Luna. Du stürmst durch die Tür. Im Inneren hängen an Ketten Ork und Eber von den eisbezogenen Steinwänden. Sie sind fast leblos, die Leiber zerschunden von Mißhandlungen, graue Frostbeulen an der Haut. In einer entlegenen Ecke siehst du einen Menschen, einen schwachen, alten Mann mit langem, weißem Bart. Seine Handgelenke sind von den verrosteten Ketten zerfetzt und bluten.

»Alcazar! Wir sind hier!« rufst du. »Wir haben dich gefunden, Alcazar!« Du stürzt zu ihm und umarmst ihn. »Wir haben die Blutrote Flamme, wir sind eben mit einem Einhorn von den Druiden gekommen, ich habe einen wunderschönen, grünen Nachtfalter als Begleitung, und . . .« Du plapperst ohne Pause, so freust du dich darüber, ihn am Leben zu sehen.

Du gibst dem Magier ein paar Bissen von dem Pilz. Augenblicklich kehrt Farbe in sein Gesicht zurück. Er richtet sich lächelnd auf. Nun sieht er wieder gesund aus. »Omina, du bist ein tapferes Kind«, sagt er und löst ohne große Mühe seine Ketten aus der Wand. »Wir dürfen keine Zeit verlieren. Wir müssen Werzen fangen, bevor er weiß, daß ich befreit bin. Komm mit mir in die Burg. Ich habe einen Plan.«

Du folgst zusammen mit Luna deinem Stiefvater. Er geht durch einen unterirdischen Tunnel, eilt durch ein Labyrinth von Gängen und späht um eine Ecke. Eine Tür wird von einem Ork bewacht.

»Der Schatzsaal«, flüstert der Magier. Dein Herz schlägt schneller.

Der Klang von Alcazars Stimme macht den Eberführer aufmerksam. Er hebt den Spieß und will sich auf dich stürzen. Alcazar richtet den Finger auf ihn und befiehlt: »Halt!« Der Bewacher wankt und bricht zusammen. Du steigst über ihn hinweg, als du Alcazar in den Raum folgst.

Deine Augen werden groß vor Staunen. Große Goldklumpen liegen in den Ecken; Diamanten, Smaragde und Rubine quellen aus Lederbeuteln; Silbermünzen, Goldketten und kostbare Ringe häufen sich auf dem Boden. Alcazar fährt herum und versperrt mit einer Handbewegung die Tür hinter euch. Ohne einen Augenblick zu verlieren, legt er einen riesigen weißen Edelstein mitten in den Saal und versinkt in tiefe Meditation.

»So habe ich ihn früher schon erlebt«, sagst du leise zu Luna. »Das ist ein sehr wichtiger Zauber. Wir müssen ihn in Ruhe lassen, damit er sich ganz konzentrieren kann.« Luna nickt und bleibt stumm.

Du zuckst zusammen, als die Tür des Schatzsaales plötzlich in tausend Stücke zerspringt und Holzsplitter durch den Raum fliegen. Werzen stürzt herein und brüllt.

»Eindringlinge!« Er richtet den Zauberstab auf dich. »Dafür wirst du sterben!« Seine Augen sind schwarzes Feuer, seine Zähne blitzen wie die eines wilden Ebers, bereit, dich zu zerfleischen.

Du drehst dich entsetzt nach Alcazar um und siehst, daß er den bösen Zauberer nicht beachtet, sondern sich immer noch auf den Edelstein konzentriert.

Werzen hebt den Stab über Alcazar und schreit: »Du Narr von einem Magier! Ich verwandle dich in . . .«

Bevor er es aussprechen kann, flammt grelles Licht auf und durchzuckt das Juwel, blendend hell wie Sonnenlicht. Es pulsiert überall, weiß und glühend, es blendet dich und zwingt Luna, sich unter deinem Umhang zu verstecken.

Dann erlischt das Licht ebenso plötzlich wie es erschienen ist, und alles wird wieder dunkel. Du öffnest die Augen und schaust dich um.

»Werzen!« entfährt es dir. »Werzen ist fort!«

»Er ist aus dieser Welt verschwunden, mein Kind«, sagt Alcazar und blickt ruhig in den Edelstein, der nun schwarz wie Kohle ist. »Ich habe ihn mit Körper und Seele in das Juwel gebannt. Er wird uns nie wieder in die Quere kommen.«

Dein Herz jubelt, und du trittst hinaus ins Tageslicht. Du siehst, daß Eber und Ork in alle Richtungen davonstieben.

»Ohne ihren Herrn sind sie nichts«, sagt Alcazar.

»Da!« ruft Luna. »Der Schnee schmilzt! Und im Boden sprießen kleine, grüne Triebe!«

»O Alcazar, der Frühling kehrt ins Reich zurück!«

»Komm, Omina. Komm, Luna. Es wird Zeit, daß wir gehen. Wir wollen nach Hause.«

Lunas goldene Augen werden groß.

»Du meinst, ich muß nicht zu Professor Quince zurück?«
»Das hängt ganz von dir ab«, sagt Alcazar und streichelt
den Flaum auf dem Kopf des Nachtfalters. »Wenn du aus
dieser Reise eines gelernt hast, dann wohl dies, daß du
etwas Besonderes und für dich und uns sehr viel wert bist.
Ohne deinen Mut und deine Hilfsbereitschaft hätten wir
es vielleicht nicht geschafft.«
Von Lunas Auge tropft eine winzige, goldene Träne.
»Und Professor Quince ist nicht mein Eigentümer, oder?
Ich kann selbst entscheiden?«
Alcazar nickt.
»Dann gehe ich mit dir und Omina. Ich gehe nach
Hause.«
Du hakst dich mit der Hand in Alcazars Gürtel ein, und
während Luna vor euch hin und her flattert, geht ihr über
die Krokusfelder nach Hause.

ENDE

D&D
Abenteuer & ohne Ende

Original Dungeons & Dragons® Bücher von TSR®

Ab 10 Jahre.
Je 160 Seiten mit s/w-Abbildungen
C. Bertelsmann

D&D

FANTASY-ROLLENSPIELE
Original Dungeons & Dragons®

Dungeons & Dragons – das erste und erfolgreichste Fantasy-Rollenspiel der Welt – jetzt in deutscher Sprache.

„Sie wirbeln herum, das Schwert in der Hand. Ein gewaltiger goldfarbener Drachen wälzt sich mit markerschütterndem Gebrüll auf Sie zu".
Bisher haben Sie so etwas noch nicht erlebt – natürlich nicht; wo gibt es heute schon Drachen?
Für Sie und Ihre Freunde kann es jetzt aber Drachen geben – in einer neuen, phantastischen Welt.
Entstanden ist diese Welt 1974; die erfolgreiche Spielidee des D&D-Erfinders Gary Gygax:

– ein phantastischer Spielhintergrund.
– jeder Spieler übernimmt die Rolle einer bestimmten Figur
– jeder Spieler kann handeln wie in der Realität.
– es gibt kein festes Spielziel, keine Gewinner, keine Verlierer.

Und darum geht es in einem Rollenspiel:
Eine Gruppe von Spielern muß zusammenarbeiten, um die Abenteuer zu bestehen, in die sie der D&D-Master (Spielleiter) führt. Jeder Spieler übernimmt die Rolle einer bestimmten Figur, während der Spielleiter die Gegner – Monster und Ungeheuer – führt. Die Figur eines Spielers, auch „Charakter" genannt, beginnt völlig ohne Erfahrung. Im Spiel geht es darum, Erfahrung zu sammeln, den Charakter mächtig und stark werden zu lassen.

Treten Sie ein in die neue Welt der Phantasie. Der Schlüssel zu dieser Welt „D&D-Fantasy-Rollenspiele".

Der Eintritt ist ganz leicht! Und wir helfen Ihnen gern dabei.

FSV Fantasy Spiele Verlags-GmbH
Fasanenweg 3–5
7022 Leinfelden-Echterdingen 1

Coupon

Ich möchte D&D mit erfahrenen Spielleitern spielen.

○ am liebsten in
   oder näherer Umgebung

○ Ich möchte gerne andere D&D-Spieler in meiner Nähe
   kennenlernen

   Ich bin schon D&D-Experte und suche Mitspieler im

○ Raum _____

Ich erkläre mich damit einverstanden, daß meine Daten an D&D-Interessenten weitergegeben werden.

Name _____   Tel. _____

Anschrift _____